中公文庫

まだ出会っていないだけ

志駕　晃

中央公論新社

目次

まだ出会っていないだけ

第一章

一日目

「岸本《きしもと》さんにお願いすると、三ヵ月で結婚できるって本当ですか」

小林《こばやし》沙織《さおり》は腰掛けるなりそう訊《たず》ねた。

「そんな評判が立ってしまってちょっと困ってはいるのですが、確かに弊社へ相談に来られた方で三ヵ月以内に結婚されるケースは多いですね」

この「スマイル結婚相談所」の代表取締役社長である岸本達也《たつや》は、刈り上げている頭の右《みぎ》脇《わき》を人差し指で掻《か》いた。

「私も結婚できるでしょうか」

上体を引いて沙織の全身をチェックする。

ふんわりカールの茶髪の沙織は、丸い茶色の眼鏡《めがね》がちょっとコミカルな印象を与えるが、なかなかの美人だ。

「沙織さんが本気で結婚したいと思っていれば、三ヵ月もあれば結婚できます。しかしそう思っていなければ、何年たっても結婚なんかできません」

それは岸本の本音だった。

他力本願で結婚相談所にやってきて、アドバイザーという名の仲人がなんとかしてくれると思っているようでは、結婚なんてできはしない。

「私、心から結婚したいと思っています。しかも一刻も早く」

沙織のプロフィールに目を落とすと、三四歳と書かれていた。しかもあとちょうど三ヵ月で三五歳の誕生日を迎える。

会社のスタッフの葉山希《はやまのぞみ》が、二つの白いコーヒーカップをトレイに載せて運んできた。人懐っこい顔で微笑《ほほえ》む希は、数年前からこの結婚相談所で働いていて、年齢は沙織と同じ三四歳だった。

希は結婚していなかった。

三四歳の女性スタッフが未婚であることによって、スマイル結婚相談所に悪い評判が立たないとも限らないので、事務所にいる時は左手の薬指にリングをしてもらっていた。

「私、子供が欲しいんです。そして母親に念願の初孫の顔を見せてあげたいんです」

沙織には結婚した三歳上の兄がいるが、まだ子供は授かっていないそうだ。

「総務省の未婚率の調査によると三〇歳の独身女性が五年以内に結婚できる確率は三五パーセントぐらいですが、三五歳になるとその確率が何パーセントになると思いますか」

沙織は首を傾《かし》げて考える。

「二五パーセントぐらいですか」

「正解は二一・五パーセントです。しかもこの数字はその時点で恋人がいる人を含んでいますので、決まったお相手のいない方はさらに確率が下がると思ってください」

沙織の表情が強張《こわば》った。

「女性は二六歳をピークに年齢が上がるほど結婚する確率が下がります。三〇代の独身女性の実に六割に恋人がいないというデータもあります。やはり出会いの機会は年齢とともに確実に減りますからね」

毎年新入社員が入ってきたとしても、若い男性が一〇歳以上年上の女性を選ぶ確率は低い。そこで、若い女子社員と恋愛マーケットで戦うのはかなり不利だ。

「沙織さんは、どうして今まで結婚されなかったのですか。おきれいですから、お付き合いした方はそれなりにいらっしゃったと思いますが」

「ずっと親と同居していて、経済的な不安がないのが原因かもしれません。今の会社のお給料も悪くないので、結婚を焦る必要もなかったのです」

沙織は東証プライムに上場している有名食品メーカーで、広報の仕事をしていた。

「ということは、結婚されてもお仕事は続けたいということですね」

「そんなに仕事が好きなわけではないので、相手の方がお金持ちならば仕事は辞めてもかまいません」

そんな男性とは結婚できないだろうなと岸本は思う。プライム企業に勤める沙織が自由に使えていたくらいのお小遣いを、ポンと出せる金持ちは滅多にいない。

「経済的なことはわかりました。沙織さんは今までに結婚しようとした男性はいなかったのですか？」

ナイーブな質問だったが、岸本は敢《あ》えて最初に訊ねることにしていた。下手《へた》に遠慮して訊《き》くべきことを訊かないでおくと、適切なアドバイスができない。

「お付き合いした方はそれなりにいたのですが、いざ結婚となると色々なことを考え過ぎてしまって、踏み切れなかったというか、結果的に上手《うま》く行きませんでした」

二〇代で結婚直前まで行ったことが何度かあったと沙織は言った。実際に式場を予約したこともあったが、最終的に彼女の方から断ってしまったらしい。

「結婚のメリットとデメリットを考えてしまったんです。結婚すると女性って失うものが多いじゃないですか。家事の負担が増えますし、独身の時のような自由もなくなる。そして、向こうの親に気も遣わなければならないし」

「確かにそうかもしれませんね」

特に沙織のように一流企業で働いている女性は、仕事との両立が大変だ。

「そんなわけで二〇代の頃は積極的に結婚する気になれませんでしたし、三〇代の前半でもまだまだこのままでいいかなって思っちゃって。しかも職場には、私と同世代でも未婚の女性はいっぱいいますから」

その気持ちはよくわかる。男の岸本ですら、三〇代では結婚に大きなメリットを感じられなかった。

「恋人はいらっしゃらなかったんですか？」

「まあ、いたと言えばいたんですが」

沙織の視線が宙を彷徨《さまよ》う。

「その方とは、結婚しようと思わなかったんですね」

「実はここ数年は、妻子のある方とお付き合いしていました。職場などで出会う独身男性は物足りないし、いいなって思う人はみんな結婚しているんですよ。別に私もあまり結婚を意識していなかったので、そんな関係でも居心地はよかったんです」

「その妻子のある男性の方とは、今でも続いているのですか」

沙織は小さく首を縦に振る。

不倫は恋愛の美味《おい》しいところだけをつまみ食いする麻薬のようなもので、一度はじめると簡単にはやめられない。沙織が本当に結婚したいと思えるような男を岸本がマッチングできなければ、ズルズルとその関係が続いてしまうかもしれない。

「沙織さんは本当に結婚したいんですか」

「もちろんです。その男性とは別れます」

沙織は真《ま》っ直《す》ぐな目でそう答える。

「私、実はその相手に訊いたんです。結婚も認知もしなくていいから、あなたの子供を産ませてもらえないかと」

可愛《かわい》い顔をして大胆なことを言うなと驚いた。確かに一流企業に勤めていれば、経済的にはそんなことも可能かもしれない。

「それで相手は何と答えたんですか」

「無理だって言われたんです。日本はフランスのように婚外子を認めるような文化がないから、生まれてきた子供が苦労するって」

フランスでは新生児の六割は婚外子として生まれてくる。フランスにはパクス（ＰＡＣＳ、連帯市民協約）という制度があって、それを使えば婚外子でも税の優遇や各種の手当を受けられる。先進国なのにフランスで出生率が高いのは、結婚をしなくても子供を育てられるそんな制度が整っているからだった。

「そう言われた瞬間に、やっぱりその人とはきっぱり別れて、婚活をして子供を産もうって思ったんです」

子供を持とうと思ったら日本では結婚するのが一番だ。法律的にも世間体からしても、簡単に婚外子を育てられるような国ではない。

「それに今回のコロナ禍で、やっぱり結婚しておいた方がいいと思ったんです。家族の愛情というか、普通の幸せっていうか、心の絆《きずな》って大切だなって」

東日本大震災の直後もそうだったが、社会不安に襲われると結婚するカップルは増える。「一人口は食えぬが、二人口は食える」という諺《ことわざ》もあった。

プロフィールを見ると、結婚相手の条件として、「年収一〇〇〇万円以上」とある。さらに「年齢は三〇歳から四〇歳」「ルックスは普通以上」と書かれていた。この希望をすべて満たすのは難しいだろう。

「これらの条件を広げる気はありませんか」

「年収は多少下がっても構いませんが、その場合は私が卒業した大学より高い偏差値の大学を卒業して、誰でも知っている会社に勤務していることが条件です」

沙織は立教《りっきょう》大学の英米文学科を卒業していた。

昔は高収入・高学歴・高身長の「三高」が結婚相手の条件だった。しかし最近では、「三平」と言われる平均的な収入・平均的な外見・平穏な性格で十分という女性の方が多くなった。さらには「四低」と言われる低姿勢・低依存・低リスク・低燃費という男性も注目されつつある。

正社員で高給を取る女性ならば、敢えてハイスペックな結婚相手を望むよりも、自分にとって楽な相手を選んだ方が、結果的に上手く行くという考えの表れでもあった。

しかし今の沙織にそれを薦《すす》めても、納得してもらえないような気がした。

「ところで当相談所の入会金は決して安くないのですが、そのことはご存じですか？」

「大体のことは知ってますが、詳しいところを教えてもらえますか」

「まず最初に入会金として、二〇万円をいただきます」

「お高いですよね」

確かに他社と比較しても、この結婚相談所の入会金はかなり高い。しかしそれには理由があった。

「しかし月々の会費など、それ以外の費用はいただきませんから、結果的にはまずまずな値段だと思っています。お見合いをするたびに手数料を取る相談所もありますが、うちは入会金にその分も含んでいますので、月に何回お見合いをしても追加の費用は発生しません」

　スマイル結婚相談所では、とにかく気軽にお見合いや婚活パーティーに参加してもらい、早い段階で相手を見つけてもらうことをモットーとしていた。

「その代わり成婚、つまり結婚が決まった場合には、成果報酬として三〇万円をいただきます」

　こんな料金体系をとっているのは、岸本の結婚相談所だけだった。

「結構な金額になるんですね。でも五〇万円で結婚できるのならば、却《かえ》って安いのかもしれません」

「結婚相談所というのは皮肉なもので、月額制の場合は会員が結婚してくれない方が儲《もう》かるわけです。だから『焦らずじっくり考えましょう』とか、『別の人ともお見合いしてみましょうか』などと、成婚を急がせないところもあるんです。でもそれじゃあ会員のためにはなりませんよね」

「そうなんですか。じゃあ、岸本さんにお願いした方が、結婚には近づくというわけですね」

「その可能性は高いと思います。だけどやっぱり、最後は沙織さん次第だと思います」

「それはどういう意味ですか？」

丸い眼鏡のフレームをつまみ上げ、沙織はじっと岸本を見る。

「結婚相談所を訪れる方々が結婚できない、いや結婚しない原因の一つは、いざという時に決定回避の心理が働くからです」

「決定回避？」

沙織は眉間《みけん》に皺《しわ》を寄せた。

「そうです。もっといい人が現れるんじゃないか、まだ結婚をするには早すぎるんじゃないかと、いざという時にそんな気持ちが起こってしまうんです。だからここに入ったら三ヵ月で結婚するという覚悟を持って欲しいんです」

「じゃあ、三ヵ月を過ぎたらサポートは受けられないということですか」

「コンピューターによるマッチングのサービスは継続します。しかしそれまで行っていたような親身なアドバイスは終了させていただきます」

この結婚相談所が三ヵ月で結果を出せるようになったのは、このシステムにしてからだった。他の結婚相談所はもちろん、お見合いパーティーや街コンを主催する会社とも提携し、ありとあらゆる婚活のリソースを最大限活用して、とにかく短期間で結果を出すことを目指していた。

「岸本さんの本気が伝わりました。それにその金額に見合うお相手を紹介してもらえるならば、私は問題ありません」

「実は、個人経営の結婚相談所の場合、お見合いで出会えるお相手はそんなには変わりません」

岸本が代表取締役を務めるこの会社の社員は、さっきコーヒーを持ってきてくれた葉山希だけだった。結婚相談所の実に七五パーセントは、岸本の会社のように個人経営だった。

「どうしてですか」

沙織は目を丸くする。

「全国に結婚相談所は四〇〇〇社ほどありますが、そこで紹介される相手は、みんな同じネットワークに入っているからです」

日本結婚相談所連盟《IBJ》などのネットワークに加入すれば、個人の仲人でもそこの会員と自由にマッチングすることができる。一〇〇～二〇〇万円の加盟金と、月々のデータベース使用料を支払わなければならないが、膨大な会員を集める必要もまたそのデータを管理する手間もないので、結婚相談所自体は簡単にはじめられる。

「そうなんですか」

「結婚相談所には、大きく分けて二種類あります。会員の希望を聞いて、データベースからお相手を探すことまでを主としたデータマッチング型と、そこから会員に懇切丁寧にアドバイスしてキューピッド役までを担う仲人型です。弊社は料金は高いですが、入会後三ヵ月間は仲人型なのでその間は親身なアドバイスをさせていただきます」

ビジネスとしてはデータマッチング型の方が効率的なのだが、それで結婚できるような人はどこに登録しても結婚ができる。そういう人たちは、単純に職場などで出会いの機会がないだけだった。しかし沙織のように出会いの機会に恵まれていたのに結婚できていない場合、結婚しない別の理由があることが多かった。

二日目

「昨日入会した小林沙織さんはどうでしたか。成婚させられそうですか」

部屋で沙織のプロフィールを眺めていたら、香ばしい匂いが漂ってきた。希が岸本のデスクにそっとコーヒーを置いてくれた。

「ありがとう。うーん、どうだろう。こればっかりは縁だから、やってみないとわからないな」

早速コーヒーを一口飲みながら、岸本は笑顔で答える。

「なかなかの美人だったから期待はできますよね」

「美人だからすぐに結婚できるというものではないよ。特に彼女の場合は理想が高いから、最初はちょっと苦労するかもしれないな」

「そんな弱気なことを言っていて大丈夫ですか。久しぶりの新入会員じゃないですか。事務所の賃料の支払いも滞りぎみだし、沙織さんは絶対に成婚まで持っていかないとまずいですよ」

希はここのサブアドバイザーだったが、簡単な経理や庶務の仕事もやってもらっているので、経営状態は把握していた。

「そうだよな。あと三人ぐらい立て続けに成婚させないと、希ちゃんのボーナスが払えないかもしれない」

スマイル結婚相談所は以前は会員も多くそれなりに儲かっていたが、新型コロナウイルス対策の緊急事態宣言中は開店休業状態だった。青山《あおやま》の一等地に事務所があるので、その賃料の負担は大きい。近所のブティックや飲食店で、閉店してしまったところも珍しくはない。岸本の会社の資金も既に底をついていた。今はオーナーである岸本個人の貯金から、希の給料を払っているような状態だった。

「大丈夫ですよ。ボーナスなんか端《はな》から期待していませんから」

希は上目遣いに岸本を見て微笑む。

「まあコロナ禍で日本人の考え方も大分変わったからな。昨日の沙織さんのように、結婚しようと思う人は増えるかもしれない」

岸本はコーヒーを飲みながら、ポニーテール姿の希を見る。

いつもはふんわりとした髪型が多かったが、希は時々髪型を変える。個人的にはお団子にアップしてうなじが見える髪型が、岸本は一番好みだった。

「希ちゃんってよく髪型を変えるよね」

「私の美容室の担当が、新しい髪型にするのが好きなんですよ。それに私も変身願望があるのか、色々な髪型を試すのが好きなんです」

　これほどの美人でかつ頭の回転も速いので、どこの会社でも引く手数多《あまた》のはずなのだが、なぜか希は給料が安いこのスマイル結婚相談所に勤め続けてくれている。

『この相談所で働いていれば、ひょっとして私もいい人と結婚できるんじゃないかと思ったんです』

　それが入社面接の時の、希の志望動機だった。

「そろそろ本格的に希ちゃんの結婚相手も探さないとな」

　今までもよさそうな男性を、紹介しようとしたことはあった。しかし希は当然モテないわけではないので、ここに勤めている数年の間に恋人がいなかったことがない。しかし不思議と結婚はしなかった。

「大丈夫です。私、今付き合っている彼から、プロポーズされていますから」

　その言葉に軽いショックを受ける。

「えっ、希ちゃんそんな真剣交際中の彼氏がいたの？」

　日々一緒に働きながらも、そんな素振りは見せていなかった。未《いま》だに結婚相手募集中なのだと勝手に思い込んでいた。

「それよりも、岸本さん自身の心配をした方がいいんじゃないんですか。岸本さんが結婚していないことがばれたら、この相談所の信用に響きますよ」

　岸本は四四歳にもかかわらず、まだ一度も結婚していなかった。だから希と同じように、左手の薬指にはダミーのリングをはめていた。

「俺は結婚ができないわけじゃないの。結婚をしないだけなの」

吐き捨てるように言った。

「でもどう考えても矛盾していますよね。一度も結婚していない人が結婚のよさを語って、それを信じて結婚してしまう人がいるんですから」

希がそんな皮肉を言う。経営者と従業員なのだが二人の間に上下の関係はなく、むしろ希の方が偉そうだった。

「逆にそれがいいんじゃないの。結婚して嫌なことを下手に知ってしまうと、本気で結婚を勧められないからね」

岸本はコーヒーをもう一口飲んだ。

「ああ言えばこう言うですね。岸本さんの口の上手さは一流です。だからみんな信じちゃうんでしょうかね」

「それって褒《ほ》めてるの？　それとも皮肉」

「両方です」

希は両手を口に当ててくすりと笑う。

「ところで訊きそびれてたんですけど、なんで岸本さんは結婚相談所をはじめようと思ったんですか。この会社の前は何をやっていたんですか」

「俺は新卒で証券会社に入ったんだよ」

日本でもトップクラスの証券会社に入った岸本は、個人向けの営業を担当させられた。

「給料はよかったんだけど、やっぱり仕事がハードでね。毎月のノルマが達成できないと上司に怒られるんで、とにかく必死になってお金持ちのところに営業に行ったんだ。証券会社なんて、お客さんに気に入られないと仕事にならないからね」

「じゃあ、成績はあまりよくなかったんですね」

「最初は全然ダメだったんだけど、ある時いい方法を思い付いたんだ」

「へー、どんな方法ですか？」

興《きょう》味《み》津々《しんしん》に希が訊ねる。

「お金持ちのお客さんの子供の結婚相談に乗るようにしたんだよ。特に女の子は親が金持ちだと経済的に余裕があるから、なかなか結婚しようとしないからね。その一方で年を取ると出会いの機会は減っちゃうから、適齢期を過ぎた独身娘のことで悩んでいるお金持ちが結構いたんだ」

「なるほど。でもどうやって、そんな彼女たちを結婚させたんですか」

「最初は大学時代の友人のネットワークを使ったんだけど、意外と他のお金持ちの子供とか親せきを紹介してもらうと上手く行った。やっぱりお金持ちは、同じようなお金持ちと結婚したがる傾向があるからね」

一度上手く行くと、後は比較的簡単だった。

「じゃあ、会社の成績も上がったわけですね」

「支店でナンバーワンにもなったよ。だけど当時の証券会社は、会社が売れと言った株を強制的に売らなければならなかったから、せっかく仲良くなったお客さんに株で損させて怒られることもしょっちゅうだったんだ。そうなると、急に仕事がつまんなくなっちゃってね」

人の資産が増えても減っても、岸本には関係のないことにも気が付いた。いくら給料がよくても、そんなことを一生続けていて、楽しいとは思えない。

「しかしその後も、仲を取り持ってあげた夫婦やその親には、心の底から感謝されるんだ。だんだん証券会社の仕事より、お見合いのセッティングにやりがいを感じるようになって、気付いた時には会社を辞めてこの結婚相談所を開いてたんだ」

「へー、それでこの会社ができたわけなんですね」

「そういうこと。株なんかいくら売っても楽しくないけど、出会いがなくて困っている男女を結婚させることは、他人《ひと》の人生を大きく左右するからね。やりがいという点では全然違うよ」

岸本の結婚相談所は着実に実績を残し順調だった。しかしさすがに今回のコロナ禍は痛手だった。

「他人の結婚の世話をするのが得意な岸本さんも、自分の結婚の世話はできないんですか」

「別にできないわけじゃないよ。まあ仕事が忙しくて自分の結婚のことまで手が回らなくて、いつの間にか時間が過ぎちゃったって感じかな」

「岸本さんって、結婚相手に求める理想が高そうですからね」

断定的なその言い方に、岸本はちょっと腹が立った。

「希ちゃんはさ、時々年上の男性相手に上から目線でものを言うことがあるけど、それってよくないと思うよ。嘘《うそ》でもいいから男を立てて、一歩引いて見せた方が男女の関係は上手く行くから」

美人で頭のいい希なのに、今まで結婚できないのは、そんな勝気な性格にも原因があると睨《にら》んでいた。

「なんですかその昭和的な考えは。私はプロポーズされているんですから、心配しないでください。それに一度も結婚していない岸本さんからそんなことを言われても、全然腑《ふ》に落ちません」

希は唇を尖《とが》らせる。

「だからさっきも言っただろ。俺は結婚できないわけじゃないって。結婚しないだけなんだから。中学生の頃は、バレンタインデーに食べきれないほどのチョコをもらったこともあるしね」

「私にはわかるんです。なんで岸本さんが結婚しないのかが」

希が気になるセリフを言う。

「ほう、じゃあ、なんで俺は結婚しないんだと思う？」

「きっと、自分を好きすぎるんですよ。四〇歳過ぎて結婚しない人って、そういう人ばかりですから」

「どういうこと？」

岸本は眉間に皺を寄せる。

「時間もお金も、結婚して奥さんと一緒に使うより、自分のためだけに使いたいと思っているんですよ。だってほら、岸本さんってバイクが好きじゃないですか」

「まあ、そうだけど」

岸本は学生の頃からバイク派で、車の免許は持っているものの移動にはずっとバイクを利用していた。

「普通の男性なら、車を買って女の子とドライブすると思うんです。でも岸本さんは、一人でバイクに乗っている方が好きですよね」

言われてみれば確かにそうだ。バイクの後ろに乗せてくれと言う女性がいれば喜んで乗せるだろうが、今までそんなことを言われたことはない。

「一人で生きていく方が、煩わしい人間関係に振り回されなくていいとか思っていませんか」

「確かに四〇歳を過ぎてからは、一人が気楽だと思うことはあるかな。でもそれは相手によるよ。結婚してずっと一緒にいたいと思う相手と、出会いにくくなっているだけだと思う」

「あとは傷つくのを恐れていますね」

「この俺が？」

思わず人差し指で、自分の顔をさしてしまう。

「そうですよ。若い時は大丈夫だったのに、この年になって年下の女を口説いて断られるのは、みっともないとか思っていませんか」

「まあ、確かに若い時みたいながむしゃらさはないな」

最近の男は草食化しているというが、岸本も若い頃に比べれば大人しくなった。正直、女性とそういう関係になることを、面倒くさいと思うこともある。

「でもそれも相手次第だと思うよ。本気で好きになれる女性だったら、今でも積極的に口説くだろうし」

希がじっと目を細めて見つめてくる。

「ひょっとして、岸本さんってゲイですか？」

「ゲイではない」

岸本は即座に首を大きく左右に振る。

希と結婚の話をすると、いつもこんな感じになる。

「しかし希ちゃん。今度こそ、そのプロポーズされた彼とゴールインできるといいね。希ちゃんはプロポーズされてから、破局することが多いから」

「そうなんですよ」

希が小さくため息を吐《つ》いた。

「希ちゃんが、なかなか首を縦に振らないからじゃないの。男もそういつまでも待てるわけじゃないからね」

決定回避の心理が、希にも働いているのは間違いない。

「最近の男の人は、簡単にプロポーズし過ぎなんですよ」

「結婚に勢いは必要だよ。希ちゃんこそ、なんで結婚しようとしないの」

希の眉間に皺が寄る。

「もちろんしようと思ってますよ。でもいざ結婚しようと思って相手を見ると、色々アラが見えちゃうんです。そうやって躊躇《ちゅうちょ》していると、また新しい出会いがあったりして、結局踏み切れなくなっちゃうんですよね」

三日目

「こちらに相談すると、三ヵ月で結婚相手を見つけてくれると聞いたのですが。それって本当ですか」

そう言ったのは星野《ほしの》伸之《のぶゆき》の母親の星野晶子《あきこ》だった。チェーンに繋《つな》がれた大きな色付きの眼鏡をかけ、大きなストールを無造作に首に巻いている。

「スマイル結婚相談所は入会後三ヵ月で成婚することを目標にしています。しかし誰でも三ヵ月で結婚できるというわけではありません」

晶子にそう言いながら、岸本はその隣に座っている伸之の顔をじっと見る。黄色いネクタイに紺のスーツ。髪はきっちり七三に分けているが、伸之は童顔で三七歳にしては子供っぽく見える。男にしては大きな瞳の持ち主で、見ようによっては甘いマスクと言えなくもない。

「やはり入会される方が、どれだけ切実に結婚を希望しているかによります。結婚するのはお母さんではなく、やはりご本人の問題ですから。仲之さんは、結婚に対してどう考えておられるのですか」

「僕ももういい年だし、結婚はしたいと思っています。ママも早く孫の顔が見たいと言っているので、その夢も実現してあげたいですし」

仲之は目を瞬《しばたた》かせながら答える。

「仲之には姉がいるんですけど、結婚して三年で離婚してしまったんです。それにやっぱり星野の名前の付く孫が欲しいですし、できれば男の子の孫が生まれてくれれば最高なんですけどね」

そう言いながら晶子が口に手をやりながら微笑むと、仲之も白い歯を見せる。慶応《けいおう》大学を出て一流洋酒メーカーに就職し、年収も一〇〇〇万円を超えている。条件だけならばすぐにでも成婚できそうなハイスペックな三七歳だった。

「ちなみにお住まいは大田《おおた》区ですよね」

岸本は仲之のプロフィールを確認する。星野家は、大田区の高級住宅街に一戸建てを所有していた。ロータリークラブの会長まで務めた仲之の父親は、三年前に他界して、今はその自宅に仲之と母親の二人だけで住んでいた。しかも星野家は自宅以外にアパートを二棟所有していて、そこから得られる家賃収入もかなりの金額になると晶子は言った。

「それで仲之さんは、お見合い相手にはどういう女性を希望されますか」

「できれば慶応出身の方がいいんですけど、最低でも東京六大学ぐらいの偏差値の大学を卒業した方にして欲しいですね。それにできればうちと同レベルの生活水準で育ったお嬢さんがいいです。それからやっぱり星野家のやり方ってものがあるから、そこは従ってもらわないと」

　伸之に訊いたつもりだったが、答えたのは晶子だった。

「星野家のやり方というのは、具体的にはどのようなことですか」

「我が家は資産家といえるかもしれませんが、成金的なはしたない行動は慎んでもらいたいのです。ですから過度にブランド品を持ち歩いたり、華美なファッションをした方とは合わないでしょうね。できれば、お茶やお花のような文化的な素養の高い方が望ましいです」

「それはなかなか条件が厳しいですね」

　そんな昭和の箱入り娘みたいな女性がいるものだろうか。

「だけど一番重要なことは、とにかく早く男の子を産んでもらうことです。それを考えると、年齢はなるべく若い方がいいですね」

　そう言ったのも、やはり母親の方だった。

「伸之さんも同じお考えですか」

「若い方がいいところはママと全く同じです」

　岸本は首を捻《ひね》る。

　この相談所に来る男がマザコンだったことは何回もあったが、ここまで重度なのは初めてだった。この伸之のマザコンを数ヵ月で直すのは難しいだろう。

「ちなみに結婚されたら、別居ということでよろしいですね」

「もちろんですよ。一緒に暮らしたらママがなにかと気を遣いますから。でもママはちょっと心臓に持病があって心配なので、近所のマンションを借りようと思っています。子供ができて手狭になったら、自宅を二世帯住宅にリフォームして、そこに皆で住もうかなとも思っています」

「他に相手の女性に望むことはありますか」

「そうですね、やっぱり可愛い人がいいですね。さらに料理が上手ならば言うことはありません。僕はママの作る料理を食べて育ってきたので、すっかり舌が肥えちゃったみたいです」

伸之の母親は専業主婦で、家事も料理も超一流だと伸之は絶賛する。

「それは羨《うらや》ましいですね。ところで伸之さんの趣味は何ですか」

「そうですね。敢えて言うならアイドルですかね」

思わず伸之を凝視する。

「アイドルって、あのＡＫＢとか乃木坂《のぎざか》とかのアイドルですか」

「はい。僕はモノノフなので、もう一〇年近くももいろクローバーＺのライブに行っています」

モノノフとは、女性アイドルグループ「ももいろクローバーＺ」のファンやライブの観客をさす言葉であることを、岸本は初めて知った。

「お母さんは、そのことをご存じなんですか」

「もちろんです。僕はなんでもママに話しますから」

伸之は横に座っている晶子の顔を見て、にっこりと微笑んだ。

「いい年をしてアイドルの追っかけをやっていて恥ずかしいと思っていたのですが、私も実際にコンサートに行ってみて考えが変わりました」

晶子の言葉に岸本は目を丸くする。

「ええっ。お母さんも、ももクロのライブに行かれたんですか」

「若い子だらけかと思ったら、伸之ぐらいの大人も結構いて安心しました。会場全体が盛り上がっていて、私もすっかりファンになってしまいました」

「じゃあお母さんも、ももクロのファンなんですか」

「いやさすがにももいろクローバーのコンサートに行ったのは、その一回だけですよ」

母親は手で口を隠しながら楽しそうに笑った。

「お見合い相手には、僕のそんな趣味も理解してもらえるといいんですけどね」

六日目

「ここに来れば、三ヵ月で結婚できるって聞いたんですけど」

染谷美由紀《そめやみゆき》は灰色のパーカーに紺のジーンズ、そして背中にグレーのリュックをしょって現れた。フレームの上がない赤い眼鏡と、黒くて厚いもみあげが印象的だった。

「当結婚相談所に、入会希望ということですね？」

希が椅子《いす》を勧めると、美由紀はリュックを下ろして腰掛ける。

スマイル結婚相談所では、まずは希が入会希望者の受付をして、その後に岸本がお見合い相談などのカウンセリングをすることが多かった。しかし経営者兼アドバイザーである岸本が多忙で手が回らなくなると、希もアドバイザーとして相談業務を担当することになっていた。希は受付や庶務的な仕事よりこのアドバイザー業務が大好きで、既に何人かの会員を成婚させている。

「私、こういうところ初めてなんですけど」

美由紀はきょろきょろと周囲を見回しながら言った。

「それでは、まずはこちらのプロフィール欄にご記入ください」

左手にボールペンを握り、ころころとした丸文字でプロフィールの空欄に書き込んでいく。

「あんまり埋まりませんでしたけど、こんな感じでいいですか？」

余白の目立つそのプロフィールに希はざっと目を通す。年齢欄には二七歳と書かれていたが、童顔のせいか三歳は下に見える。

職歴の項目にはスタンダード市場上場の会社名が書かれていたが、一年三ヵ月で辞めてしまっている。その後は、ずっと家事手伝いと書かれていた。

「私、普通の人と普通に接するのが苦手なんです。引きこもりっていうわけではないんですが、一人で何時間でもアニメや漫画に没頭していられるんです」

趣味の欄には、アニメ、漫画、ゲームと書かれていた。美由紀はなかなかのオタク女子のようだ。

「オタクだと、やっぱり結婚するのは難しいですか」

眉間に皺を寄せてそう訊ねる。

「オタクだからといって、結婚できないということはありませんよ」

希の答えに、美由紀は胸に手を当てて息を吐いた。

「私、典型的な腐女子なんです」

ボーイズラブなど、男性同士が愛し合う漫画や小説を好きな女性を腐女子と呼ぶ。美由紀はまさにそれらしく、腐女子であることが職場にばれたのが、スタンダード市場上場の会社を退職する原因となったそうだ。

「ただの漫画好きの同僚に、ボーイズラブの漫画を貸して、問題になっちゃったんです。当時は自分の嗜好《しこう》が特別なものだとは思っていなくて」

腐女子と聞いて、希はある疑問が脳裏に浮かぶ。

「恋愛の対象は男性でよろしいんですよね」

「もちろんです」

「だけど美由紀さんが好きなアニメや漫画とかは、男性同士が恋愛関係や肉体関係になっているわけですよね」

「そうです。大好きです」

美由紀は大きな声で答える。

「失礼ですが、今まで男性を好きになったご経験は？」

「もちろんあります。だってボーイズラブ好きな私が、女性を好きになるわけがないじゃないですか」

希の頭が混乱する。

「ひょっとすると、男性がレズビアンのアダルトビデオを見て興奮するのに近い感覚かもしれません。もっとわかりやすく言えば、ジャニーズや韓流スターのイケメンが、メンバー内で三角関係や肉体関係になっていて、それを横からはらはらしながら見ているという感覚です」

ジャニーズも韓流スターも趣味じゃないので、希にはますます理解できない。しかし男性同士が恋愛関係や肉体関係になるのを見るのが好きなだけで、自分の恋愛の対象はノーマルだと美由紀はきっぱりと言う。

「そういう世界に女性が出てくると、むしろ妄想の邪魔になるんですよ。男性なのに男性を愛してしまうその禁断の恋に、私たちは痺《しび》れるわけです。自分がレズビアンだったら、そんな漫画に萌《も》えるはずがないじゃないですか」

本人が強くそう言うのだから、そこは信用するしかないだろう。

「それで美由紀さんは、なぜ結婚相談所に入ろうと思ったのですか」

入会の動機は非常に重要だ。それで本人の本気度がわかるし、どんな相手を紹介したら上手く行くかのヒントにもなる。

「緊急事態宣言中の自粛期間にゲームやアニメにお金を使い過ぎちゃって、いよいよ貯金がなくなっちゃったんです。母に、もうきちんと就職するか、それとも結婚するかどっちかにしろって言われてしまって」

つまり経済的な事情だった。

仕事を持っていたとしても、長い老後を考えれば独身女性はきちんとした将来設計を持たなければならない。ましてや美由紀のようなフリーターならば、親の年金を当てにしなければならないようになってしまう。

「だけど再就職はかなり難しいです。まずは試験に受からなければなりませんから。コロナ禍で失業した人もいっぱいいますし、そんな人たちに交じって、コミュ障な私が試験に受かるとは思えません。そもそもバイトの面接ですら、受からないんですから」

美由紀の言う通りだと思った。このご時世に、既卒の女性がいきなり正社員になるのはかなり難しいだろう。派遣会社に登録して、どこかに潜り込めたらラッキーだと考えた方がいい。

「だけど思ったんです。永久就職して、専業主婦になるのならやれるかもって。炊事や洗濯など、家事は一通りやっているから大丈夫かなと思ったんです。しかも結婚相談所の入会金ならば、母が出してくれるって言うんです」

「ご事情はよくわかりました。色々な会員の方が登録していますから、アニメや漫画好きなど同じ趣味の方ならば意外と上手く行くかもしれませんね」

美由紀は美人とまでは言えないが、どこか愛嬌《あいきょう》がある。

相手さえ上手く選べば、あっさり成婚するのではと希は思った。オタクだからといって結婚できないどころか、実際にはオタク専門の結婚相談所などもあるほどで、嗜好性がはっきりしているから、却ってマッチングはしやすかった。

「すいません。でも見るからにオタクっていう感じの太った男性は、遠慮したいんですけど。かつてそういう人から告白されたことがあったんですが、どうしても生理的に受け付けなくて」

「わかりました。太めの男性はＮＧということで希望を出しましょう」

「それから、もしもできるならば自衛隊の人とかお願いできないでしょうか。実は私、ミリタリーオタクでもあるんです」

「わかりました。しかし自衛隊の男性は公務員で収入が安定しているし、結構人気があるんですよ。自衛隊に特化した婚活サービスを提供している会社もあるぐらいですから」

いざという時に守ってもらえるという安心感から、結婚相手の職業として自衛隊員の人気は高かった。

「それからなるべく若い人がいいんですが、ダメでしょうかね？」

美由紀が上目遣いにそう訊ねる。

「年齢的にはいくつぐらいまでですか？」

「上限は三〇歳までですね。それにできればイケメンでお願いします」

「相手の容姿や年齢にこだわり過ぎると、どうしてもゴールは遠くなりますよ。漫画やアニメの世界にいるようなイケメンとは、リアルには滅多に知り合えませんからね」

　容姿で相手を選んでいるうちは、まだ真剣に結婚のことを考えていない。中高生ではないのだから。

「そうですよね」

　美由紀は寂し気に視線を落とす。

「それから美由紀さん、私がお薦めする美容院で、次回お会いするまでに髪の毛を切ってきてもらえますか」

　この結婚相談所の成婚率がいいのはそこにも原因があった。希がここで働きだしてから、腕のいい美容師やスタイリストに頼んで、会員にイメチェンをしてもらっていた。女性会員にとって、写真は最重要ポイントだった。写真がダメだと、どんなに性格がよくてもお見合いまで辿《たど》り着《つ》かない。多少、実物と違っていても、お見合いさえできれば結婚できる可能性は出てくる。

　婚活の第一歩は「自分磨き」だと言われている。精神面もそうだが、外見もそれなりに変われば当然相手からの印象も変わる。美由紀のように、お洒落《しゃれ》に全く興味がないタイプは、却って伸びしろがある。

「騙《だま》されたと思って、一度行ってみてください。きっと新しい自分を見つけられると思いますよ」

「私、昔から髪型を変えるのが嫌いなんです。一度パーマをかけて大失敗してから、ちょっとでも髪型が変だと外を歩くのも不安になっちゃうんです」

「だからこそです。美由紀さん、ここは勇気を出してください。そしてお洒落も婚活も、思い切り楽しみましょう」

美由紀は少し躊躇《ためら》っていたが、希の言葉に背中を押されて、その美容院に行くことを約束してくれた。

「それから、ちょっと恥ずかしい話なんですが」

美由紀の声が小さくなる。

「どうしましたか。何か心配事でもありますか」

「実は私、処女なんです。これって問題ありますか」

「もちろん問題はありません」

「それを聞いて安心しました。逆にプロフィール欄に処女って書いたら、好条件のお相手を紹介してもらえたりするんですかね」

「どうしてこの結婚相談所では、入会三ヵ月で結婚する比率が高いんですか？」

もじゃもじゃ頭の背の高い男が、いきなり事務所にやってきてそう訊ねた。

「三ヵ月で結婚できなかった人は退会させて、成婚率を誤魔化してるんじゃないかと僕は予想したんですが違いますか？　それとも結婚した人だけを分母にして、その中から三ヵ月間で結婚した人を分子にしているんですか。その計算式を教えてもらえないと、僕は納得しませんよ」

希が呆気《あっけ》にとられて、何も言わずにその長身の男を見つめていると、さらに一方的に話し続ける。

「結婚相談所の成婚率は全入会者を分母として、本当に結婚できた人のみを分子として割り出すべきです。しかもその結婚相談所で紹介された相手と結婚しなかった場合は、その会員はデータ上なかったことにするべきだと思うんですが違いますか。そもそもどうして結婚相談所の成婚率は、あんなにいい加減なんですか。会社によっては退会者と成婚者の比率で出したりしてますよね。それだったらずっと会員を退会させなければ、当然成婚率は上がります」

結婚相談所の成婚率の計算方法はそれぞれの会社でバラバラで、都合のいい数字をアピールできるようになっているのは、この男性の言う通りではあった。

「ちょっと待ってください。スマイル結婚相談所では、成婚率は公表していません。誰が三ヵ月以内の成婚率が高いとか言ってるんですか」

「じゃあ、この結婚相談所で三ヵ月成婚率が高いというのは嘘なんですか」

　どうにも話が嚙《か》み合わない。

「当相談所では三ヵ月で成婚することを一つの目標にしていますし、実際に三ヵ月で成婚できる人は少なくありません」

「本当ですか。何か詐欺《さぎ》的な手法を使ってるんじゃないですか」

　その一言には、希もカチンときた。

「失礼な方ですね。変なことを言うと営業妨害で訴えますよ」

「僕はこれまでいくつかの結婚相談所に登録してきたんですが、どこでも結婚できなかったんです。あなたには、それがなぜだかわかりますか」

「わかりません」

「成婚率に騙されてきたからですよ。確率的に結婚できると思ったから、高い入会金を払ったのに、成婚率がそんないい加減な方法で計算されているとは全然知りませんでした。全く酷《ひど》い話です」

　希はここまでの会話で、この男性が結婚できない理由がわかったような気がした。

「ひょっとして、あなたはクレームを言いに来たのではなくて、スマイル結婚相談所に入会希望の方ですか？」

「そうかもしれませんし、そうじゃないかもしれません」

「は？」

「どうしてここの結婚相談所に入会すると三ヵ月で結婚できるのか、その理由がわかれば入会します。でも納得できなければ入会なんかしません」

こんな調子で宇都宮篤《うつのみやあつし》が受付にやって来たので、希は理由を付けて断ってやろうと思った。しかしプロフィールに書かれた宇都宮の経歴を見て考えが変わる。

彼は東京大学の大学院を卒業後、ある医薬品メーカーで研究者として働いていた。年収は一〇〇〇万円を軽く超えていて、三〇歳にもかかわらず港《みなと》区内にマンションを所有していた。顔もよく見ればすっきりしていて、背も高いので成婚させられる可能性は高い。しかし人とのコミュニケーションに決定的な欠陥があることは、今までの会話で明らかだった。

希は腹立ちを抑えながら、スマイル結婚相談所の独特なシステムを丁寧に説明する。

「じゃあこの結婚相談所に入れば、五〇万円で結婚できるわけですね」

希はこの結婚相談所のシステムをパンフレットを見せながら説明したが、やはり話がスムーズには進まない。

「だからそうじゃありません。成婚までいっても最大五〇万円までしか費用がかからないということです」

「だけど三ヵ月間結婚しようと努力すれば、五〇万円で結婚できるわけですよね」

「まあ、そういうことです」

「ならば安いかもしれませんね」

宇都宮は胸の前で腕を組んだ。

「だらだら婚活を続けて月の会費を延々と払うことを思えば、結果的にそうかもしれませんね」

「僕は五〇万円ぐらいなら簡単に払うことはできます。あとは僕が結婚できるように、努力をすればいいわけですよね」

「そういうことです。ところで宇都宮さんは、どんな女性と結婚したいのですか？」

「やっぱりきれいな人ですね」

間髪《かんはつ》を容《い》れずに答える。

「前の結婚相談所では、何人か気に入った女の子がいてお見合いをしたんですが、全部断られてしまいました。そしてその時気付いたんです。どうもそこの結婚相談所の成婚率が怪しいってことに。そこの相談所の成婚率の計算はですね」

「もうそのお話は結構です」

希は開いた右手を前に出して、宇都宮の会話を遮った。

「宇都宮さん、外見はどんなタイプの女性がお好きなんですか？　例えば芸能人で言うとどなたですか」

「僕はテレビを見ないんで、芸能人の顔と言われてもよくわかりません」

「じゃあ、可愛い系とかちょっとセクシーだとか、そんな言葉で表現してもらっても構いませんが」

「あなたみたいなタイプです」

宇都宮が真顔で言った。

「あなたみたいな切れ長の目をした美人がタイプです」

「はあ、どうもありがとうございます」

「もしも私が、あなたと結婚したいと思ったらどうすればいいんですか」

「はあ？」

「私はあなたを気に入りました。ここに入会して五〇万円払えば、私はあなたと結婚できますかね」

一〇日目

宮益坂上《みやますざかうえ》の信号が青に変わりそうになったので、岸本はクラッチを切ってギアを一速に入れる。右ハンドルを捻ってエンジンの回転数を上げて、左ハンドルのクラッチレバーを少し緩めると、バイクは半クラ状態になり、愛車が早く早くと急《せ》かす鼓動が下半身に響いてくる。正面の信号が青に変わる瞬間に、後輪のブレーキを緩めてクラッチレバーを離すとバイクは力強く走り出す。

青山学院のキャンパスを右に見ながら、岸本はスロットルをさらに捻る。表参道《おもてさんどう》の交差点の信号が目に入った。手前で減速し体重を移動させて左に曲がる。

岸本は、ちょっとした移動には昔からバイクを利用していた。雨の日には不便だが、渋滞知らずのバイクは最高だった。希にバイク好きを非難されたことが気になってはいたが、これをやめて車や電車で通勤することなど考えられなかった。

駐車スペースにバイクをとめると、岸本は事務所へと続く鉄の階段を駆け上る。裏口の扉を開けると、デスクでパソコンに向かっている希の姿が見えた。

「希ちゃん、今日は誰か来た？」

ふんわりカールの希が大きく左右に首を振ると、きれいな髪が大きく揺れる。

平日の昼間に、結婚相談所を訪れる客はあまりいない。

むしろ土日や平日の夕方以降の方が忙しいので、岸本はいつも午後三時過ぎに出社していた。その代わり営業開始の午前一一時から夕方までは希に出社してもらい、希が午後六時に退社してからは岸本が一人で事務所に残ることが多かった。

「お湯をもらうよ」

岸本はコンビニで買ったカップ麺を開け、給湯室の電気ポットのボタンを押して熱湯を注ぐ。『もっとちゃんとしたものを食べてください』と希にしばしば言われるが、忙しすぎて外に食べに行く暇がない。

「今日は誰も来ませんでしたけど、昨日、とても変な相談者が来たんですよ」

宇都宮という入会希望者と、成婚率に関して一悶着《ひともんちゃく》あったことを、興奮気味に報告された。しかも最後には希と結婚したいと言い出したというのを聞いて、食べかけのカップ麺を思わず噴き出しそうになってしまった。

「それでその宇都宮さんは、希ちゃんを諦《あきら》めてくれたの？」

「もう大変でしたよ。とにかく会話が噛み合わないから、何を言っても納得してくれないんですよ。しょうがないから薬指の指輪を見せて、婚約しているから無理ですと言ったらやっと引き下がってくれました」

結婚相談所みたいなところでは、相談をしているうちに若い女性スタッフを会員が気に入ってしまうことが度々あった。ダミーの指輪のおかげで宇都宮は希のことを諦めたようだが、それでも有難いことに入会の意思は変わらなかったそうだ。しかし担当は、そのまま希にやって欲しいという。

「私が本当は婚約していないことがばれて、厄介なことにならないか心配です」

「それは大丈夫なんじゃないの。だって商社マンの恋人から、リアルにプロポーズされているんでしょ」

岸本は両手を広げて請け合ったが、希は浮かない顔をする。いつも向日葵《ひまわり》のような笑顔を絶やさない希が、そんな顔をするのは珍しかった。

「あれ、どうかしたの？」

希はバツの悪そうな顔をして、頭の後ろを二、三度掻いた。

「岸本さん。やっぱり私に、いい結婚相手を紹介してくれませんか」

カップ麺を啜《すす》る割《わ》り箸《ばし》を止めて、希の顔をじっと見る。

「彼と何かあったの？」

「別れちゃいました」

希は伏し目がちに呟《つぶや》いた。

「え、つい数日前まではラブラブっぽかったじゃないの」

「ちょっと岸本さん聞いてくれます！　その彼、私にプロポーズしておきながら、他の女と浮気していたんですよ」

その彼が、希と同時に二三歳の保育士とも、付き合っていたことに憤慨する。

「それは酷いね」

岸本は平静を装いながら呟いた。

「私、本当に男運がないんです。今までも付き合った男たちは、必ず浮気をしちゃうんです。しかもプロポーズされた後に浮気をされるのは、これで三回目なんですよ」

希は両手で岸本の机を強く叩《たた》く。

「希ちゃんは、付き合う男がハイスペックすぎるからじゃないの。やっぱりモテる男は浮気をしやすいからね」

確かに希は美人で、一緒に街を歩いた時には何人もの男が振り返った。それだけの美人が見初める男なのだから、男側もハイスペックでそれなりにモテることだろう。浮気の一つや二つは当たり前なのかもしれない。

「だけどプロポーズをしておいて、その返事待ちの最中に浮気するってあんまりだと思いませんか」

それが立て続けなのはどうしてだろうか。希には、男を見る目がないのだろうか。

「でもそんな男と結婚しても、どうせ上手く行かないと思うから、まあ別れてよかったんじゃないの」

「だけど私もいい年だし、ちょっと婚活の戦略を練り直そうかと思うんです」

だから岸本に、いい人を紹介して欲しいというわけなのか。

「私、絶対に浮気をしない人がいいです」

それはそうだろうが、結婚前にそれを見極めるのは難しい。

「それならいっそ昨日の宇都宮さんとかはどうなの。東大大学院卒でマンションも持ってるし、嘘がつけないタイプだから浮気はしないんじゃないの」

「ああいうタイプは浮気はしませんが、その代わり突然他の女を本気で好きになると思うんです。浮気をされなくても、結婚後に他の女に本気になられたんじゃ最悪です」

岸本は腕を組んで考える。

「でもどうして希ちゃんは、彼が浮気していたのがわかったの」

「先週の金曜日の夜に、彼のスマホが三時間も繋がらなかったんです。怪しいなと思いながらもその日の夜遅くに彼の部屋に行ったら、いつもぐちゃぐちゃなはずの彼のベッドが、きれいに整ってたんです。おかしいと思って色々質問したら、彼の言動にどんどん矛盾が出てきて遂《つい》に白状したんです」

「しかしよくそれだけで浮気がわかったね」

「人って嘘をつくと、どうしても後ろめたさが仕草に出てしまうじゃないですか。しかも恋人といる時間は長いですから、嘘をつかれればピンとくるんです」

岸本はたとえ恋人に浮気をされても、そこまで確信的に見破れる自信はない。

「希ちゃんが刑事になったら、さぞかし優秀な取調官になるんだろうね」

「私こう見えて、一〇代の頃から周りの人の評判を凄《すご》く気にするタイプだったんです。だから、周囲の人たちの気持ちを見抜く能力がついちゃったんです」

岸本がじっと希の瞳《め》を見ると、希も岸本の瞳をじっと見る。

「じゃあ俺に恋人ができたりしたら、希ちゃんにはすぐにわかったりするのかな」

「わかります。だから私がここで働いている数年間で、岸本さんに全く恋人がいなかったこともわかっています」

それは図星だった。岸本にはここ五年ほど恋人らしき存在はいなかった。

「どうしてそう断言できるの」

「そりゃあ、毎日一緒に仕事をしていればわかりますよ。岸本さんはあまり裏表のある性格ではありませんしね」

希はよく気が付くし仕事もできる。

だから仕事のパートナーとしては最強だが、こんな女性が恋人となって自分のことを何もかも見抜いているとしたらどうだろうか。そんな女性と結婚するのは、ちょっと怖いかもしれない。

「岸本さんは、どうして恋人を作らないんですか。なぜ結婚しようとしないんですか。確かに岸本さんが、女性にモテなくて結婚できないってことはないと思うんです。一応会社の経営者だし、顔だってまあまあ悪くはないし……。やっぱり岸本さんって」

「だから俺は、ゲイじゃないって」

一四日目

「先日沙織さんにデータベースを閲覧してもらい、直接選んでもらった男性五名にお見合いの希望を出しましたが、それに応じてくれた方はいませんでした」

岸本はつとめて冷静にそう言った。

一度お見合いの希望を出すと、途中で気が変わったとしても二週間はキャンセルできない。相手も真剣に検討してくれているので、とりあえずお見合いはして、気に入らなければその後にお断りの連絡を入れることになる。

その逆で、二週間経《だ》っても返事がないというのは、先方からお見合いを断られたことを意味する。

「一人も、ですか」

沙織は大きく目を見開く。

時計の針は午後七時を回っていた。希は既に帰宅してしまったので、沙織の前に置かれたコーヒーは、岸本がコーヒーメーカーで淹《い》れたものだった。

「はい。一人もです」

沙織がお見合いを希望したのは、三〇〜四〇代前半でしかも高収入の相手ばかりだった。沙織は今日も完璧《かんぺき》なメイクで目元の皺は気にならなかったが、落胆したその顔の口角は下がりぎみだった。

「しかしこれは沙織さんに女性としての魅力がないというわけではありませんから。そんなに気にしない方がいいと思います」

岸本は両手を広げてにっこりと笑う。

「それはどういうことでしょうか」

「率直に申し上げて、これは沙織さんの年齢に問題があります。こうやってデータだけでお見合い相手を選ぶ場合、女性は年齢だけで判断されてしまうことが少なくありません」

この相談所が加盟しているデータベースには、日本中の結婚したがっている男女の情報が集められている。沙織はそれなりに美人だが、三四歳という年齢はデータ上はやはり不利だ。同じような容姿や学歴で、もっと若くてもっときれいな女性がデータベースには数多く登録されていた。

「やっぱり年齢というのは、大きな要素なんですね」

「そうなんです。日本のみならず世界の人口統計を見ても、実は男性の方が女性よりも多いんです。ですから生物学または統計学的な観点から見れば、女性の方が結婚しやすいのですが、このような結婚相談所のデータベースの登録者に限ると、女性の方がかなり多いんです。そして男性会員は、やっぱり女性の年齢には敏感です」

　昔は男性の方が多かったのだが、ここ一〇年ぐらいの婚活ブームで、男女比が逆転した。

「女性の方が、より婚活に積極的になったというわけですか」

「そうなのかもしれません。昔はいい年をして結婚できないというのはどこか後ろめたさがありましたが、昨今の婚活ブームで、結婚のために活動することは、もはや当たり前になりました。そうなると女性の方が、よりよい出会いを求めるのか、積極的になってきたような気がします」

　婚活という言葉は、二〇〇七年に雑誌で初めて使われ、その翌年に書籍などでも見られるようになった。その後、街コンや様々なお見合いパーティーなどが当然のように開かれるようになり、今や日常的に使われている。

「婚活市場に多くの女性が参入してきたのと同時に、男性の二極化が進んでいることも、沙織さんのような方々には不利に働きます」

「それはどういうことですか」

「沙織さんがご希望されるような高収入で高学歴の男性には、当然のようにお見合い希望者が殺到します。ましてや沙織さんが希望された三〇代の医師や弁護士となると、正直、二〇代しかも前半でないとマッチングが難しくなります。同じような条件の女性がいれば、男性は間違いなく若い女性を選びますから」

岸本はきっぱりと言い放つ。

これもアドバイザーの役目だった。

耳に痛いことも言わなければ、今そこにある現実を理解できない。理解できなければいくら面談を繰り返したところで、その先に進むのは難しい。沙織のように二〇代でそれなりにモテた女性は、婚活市場で自分の「価値」が低下していることに気が付かない。気付かせるにはこのように、現実を突きつけるのが一番だった。

「もう少し条件を広げてみたらいかがですか」

沙織は眉間に皺を寄せる。

「例えば年収の上限を下げてみてはいかがでしょうか。年収一〇〇〇万円以上ではなく、六〇〇万円以上でいかがですか」

沙織は小首を傾げたままで口を開こうとはしない。

「それではこの方はいかがですか？」

岸本は用意してあったプロフィールを机の上に置いた。

「年齢が五二歳ですから沙織さんのご希望よりは高いですが、会社を経営しておられて年収は沙織さんの条件を満たします。バツイチでもありません。先方からお見合いの希望が寄せられていますから、沙織さんがＯＫならばすぐにお見合いのセッティングができますが」

沙織の情報は既にデータベースに登録されていた。沙織が何人かにお見合い希望を出したように、沙織にも何人かからお見合いの希望が寄せられていた。

「都内で複数のコンビニを経営していらっしゃるオーナーさんです。どうですか」

その男性の写真付きのプロフィールを沙織はじっと見つめる。

その男性は優しそうな笑顔で写真に納まっていたが、さすがに年齢は誤魔化せず髪の毛が大分寂しくなっている。

「五二歳という年齢も気になりますが、この年まで一度も結婚していないというのはどうなんでしょうか。この方はちょっと難しいと思います」

プロフィールを岸本の方へ押し返した。

「そうですか。それではこの方はどうですかね」

岸本は新しいプロフィールをそっと沙織の前に置いた。

「年齢は三八歳です。年収が四〇〇万円なので、沙織さんのご希望には沿えませんが、実家はそれなりに資産家です」

沙織はプロフィールとそこに貼り付けられた写真をじっと見る。黒いスーツに紺のネクタイ、色白で細面の顔に笑顔はなく真面目《まじめ》そうだがあまり印象に残らない顔だった。

「どれぐらいの資産をお持ちなんですか？」

「自宅以外に、アパートを三棟持っているそうです」

沙織は真剣な表情で、その男性のプロフィールをまじまじと見る。

「職業は何をされているんですか」

「千葉県の地方公務員です。ですから安定性は保証できます」

「住んでいるところはどこですか」

「今は我孫子《あびこ》にご両親と一緒に住んでいます」

「我孫子ってどこですか？」

そう言われて岸本もすぐには説明ができなかった。スマホを操作して、千葉県北部の地図を表示させる。

「茨城県のすぐ南ですね」

スマホを覗《のぞ》き込《こ》んだ沙織が呟く。

「千代田《ちよだ》線の直通も通っていますし、交通のアクセスは悪くないですよ。それにこの辺は自然も豊かで、子育てには悪くない環境みたいです」

「千葉県の公務員ということは、結婚しても千葉に住むんでしょうか」

「その辺は確認してみないとわかりませんが、その可能性は高いでしょうね」

「せめて同じような条件で、東京在住の方はいないんでしょうか。私、千葉に住んだことがないんです」

岸本は軽くため息を吐く。

「じゃあこの方はどうですかね」

別のプロフィールを差し出した。

「この方の年収は四〇〇万円なんですが、ご両親と一緒に練馬《ねりま》の一戸建てに住んでいます。かなり大きい家なのでそれなりの資産価値はあるはずです。結婚したらご両親とは別居するつもりだそうですが、彼は一人っ子なので、将来的にはその練馬の戸建てを相続することになるでしょう」

「職業は何をされているんですか」

「ビルの管理会社に勤めるサラリーマンです。今は経理部にいるようですね」

「何ていう会社ですか？」

プロフィールには聞いたことのない会社名が書かれていた。

「スキーとテニスがお好きなようで、それなりにスポーツマンみたいですね」

年齢は三二歳で、沙織より二つ年下だった。スキーウェア姿のプロフィール写真が添えられていた。人のよさそうな笑顔はよく言えばお坊ちゃまに見えなくもない。

「悪くないかもしれませんね」

「そうですか。それではお見合いＯＫの返事を出しましょうか」

「ちょっと待ってください」

沙織がプロフィールの一点を凝視する。

「この方の出身大学の湘南《しょうなん》経済大学ってどうなんでしょうか。私は聞いたことがありませんが」

それは一〇年ほど前に学校名を変更した大学で、典型的な「Fランク大学」だった。湘南という聞こえのいい地名で多少のイメージアップにはなったようだが、偏差値も知名度も以前と大差はなかった。

「結婚披露宴となれば、当然この方の大学時代の友人とかがスピーチしたりするんですよね。ちょっとそのことは想像したくないです」

「やっぱりそこは気にしますか」

岸本は刈り上げた頭の右脇を掻きながらそう訊ねる。

「気になっちゃいます。仕事柄、マスコミ関係の方とかも披露宴に出席するでしょうから、ちょっと困りますね」

「沙織さん、本当に結婚したいと思っていますか？」

「もちろん思っています。でも誰でもよいとは思っていません」

二人の間に沈黙が落ち、部屋の空気が重くなる。今後何度面談をしても、沙織が望むような相手とはお見合いさせられないだろう。他にも沙織へのお見合い希望は寄せられていたが、さらに条件は悪かった。

「残念ながら、これが沙織さんの現実ですよ」

さらに重い空気が部屋に漂う。泣きそうな顔になっている沙織に、かける言葉が思いつかない。

「でもこの三人から誰かを選べと言われても、今の私には選べません。私はこのまま結婚を諦めるかもしれません」

ここで強く言っても、沙織は納得しないだろう。むしろ婚活を諦めて、不倫関係にある男性との交際を続けてしまうかもしれない。

「沙織さん。お医者さん限定の婚活パーティーに参加してみませんか」

一六日目

「週末のお見合いはいかがでしたか？」

星野伸之のお見合い相手はすぐに見つかった。お嬢様大学として有名な目白《めじろ》の女子大を卒業したお相手の女性は二三歳、派遣会社に勤務していて、写真を見る限りかなり可愛らしい女性だった。

「日比谷《ひびや》のホテルのラウンジでお茶をしました」

「お話は盛り上がりましたか？」

「まあまあなんじゃないでしょうか。彼女は映画を見るのが趣味らしいです。ですから、次は一緒に映画を見に行こうということになりました。岸本さん、どんな映画を見ればいいと思いますか？」

伸之は大きな目を瞬かせた。

「彼女の映画の趣味とかは訊かなかったのですか？」

「彼女からそういう質問があれば答えたと思いますが、僕からそのことは訊ねませんでした。やっぱり彼女の見たい映画を見るべきなんでしょうか」

岸本は眉《まゆ》を顰《ひそ》めながらスマホを操作し、週末に公開になるハリウッドの恋愛コメディなどが無難ではないかとアドバイスする。

「じゃあそれにします。岸本さん、早速ですが彼女にそう連絡してもらえますか？」

ストーカー行為などのトラブルになることを恐れて、一回目のお見合いでは連絡先を交換することが禁止されている。双方が好印象で交際を続ける意思があれば、その時初めて仲人から相手の連絡先を教えてもらえることになっている。

「ここから先は、仲之さんから連絡を取ってもらって結構です。先日お伝えした電話番号に、直接電話をしてみてください」

「僕からするんですか」

「女性からかけてもらってもいいですけど、男性側から電話をすることが多いですから。伸之さんは、今まで女性とデートしたことはありますよね」

「なくはありませんが、自分からデートに誘ったことはありません。誘われたら行くだけの話で、自分から積極的に誘ったことはなかったですね」

結婚相談所では、次のデートを取り次ぐのに苦労することがよくあった。女性は少しでも好条件の配偶者をゲットしようと肉食系の人間も少なくないが、男性は圧倒的に草食系が多かった。

しょうがないので、岸本は伸之に電話の内容までアドバイスする。

「なんなら今、ここから電話しちゃいましょうか」

しかし伸之は、スマホを手にして逡巡《しゅんじゅん》している。

「どうしましたか。何か気になることでもありますか？」

「もしも断られたらどうしましょうか」

「先方からも交際ＯＫと来ていますから、大丈夫ですよ」

「そうですかね」

「もしも断られたとしたら、それはもうタイミングの問題なので、縁がなかったと諦めるしかないですね」

「それって無茶苦茶気まずくないですか？　僕が電話をする前に、岸本さんが彼女に電話して、そういう電話をしていいか訊いてもらえませんか？」

岸本は頭を抱える。

結婚相談所を頼る草食男子は、圧倒的に傷つくのを怖がった。リアルな人生で傷つくぐらいだったら、アニメやゲームの世界に浸っていたいと思うらしい。

「伸之さんは、その女性を気に入ったんですよね」

「凄く気に入ったわけではありません。まあもう一回ぐらい会ってもいいかな程度なので、僕が積極的だと思われるのは心外です。むしろ彼女から電話がかかって来るのを待った方がいいんじゃないですかね。それならば、僕は喜んで彼女と映画に行きます」

どうしてそんな小さなプライドにこだわるのだろうか。

「いいから電話をしてみましょうよ。きっと上手く行きますから」

渋る伸之を説得し、なんとかスマホをタップさせる。

「もしも断られたら、岸本さんが責任を取ってください」

子供のようなことを言い出す伸之に、ため息が出そうになる。

その時、希が部屋に入ってきて、お代わりのホットコーヒーをテーブルに置いてくれた。

残念ながら伸之の電話は繋がらず、とりあえず留守電メッセージだけは残してもらった。

「お見合いのことを、お母さんには話しましたか？」

「もちろんです」

「それでお相手のお嬢さんのことを、お母さんは何ておっしゃってましたか」

伸之の母親も一緒にその女性を選んだので、条件的には問題はないはずだ。

「ママは、まずまず合格だと言っています。洋服のセンスも悪くないし、僕を立ててくれそうなタイプだから、好感が持てたみたいです」

岸本は小首を傾げて考える。

「ちょっと待ってください。どうしてお母さんに洋服のセンスまでわかるんですか。まさかお母さんも、一緒にその女性に会ったんですか？」

「同席はしてませんよ」

伸之は白いコーヒーカップを口元に近づけて、褐色の液体を一口啜った。

「どういうことですか？」

「ママは同じラウンジのちょっと離れた席から、僕たちの様子を窺《うかが》っていました。スマホを通話状態にしておいたので、会話も聞けたはずです」

「それは仲之さんも了解されていたんですか」

「もちろんです」

仲之は平然と言い放った。

それを耳にした希が眉を顰めて部屋を出ていくと、岸本は腕を組みながら大きく息を吸った。

「この際だからはっきり申し上げますが、仲之さんはもう少しお母さんと距離を取ったほうがいいと思います。そうでないと、結婚は難しいです」

「ひょっとして、僕がマザコンだって言いたいのですか」

さすがに岸本も躊躇した。ここで露骨にマザコンと口にしてしまうのは憚《はばか》られる。

「仲之さんがお母さんをとても大事にしていて、そのお母さんと仲のよいことはわかります。しかし結婚した場合は、奥さんが第一で次にお母さんという順番じゃないと、なかなか上手く行きませんよ」

岸本は、何人かのマザコン男を結婚させたことがある。しかし数年後に離婚してしまった夫婦もあった。

「マザコンだと結婚できないんですか？」

「できないとは言いません。難しいことは間違いありません。これはある調査会社が調べたものですが、結婚適齢期の女性の実に八五パーセントがマザコンの男性とは結婚できないと答えています」

それは某結婚相談所が実際に調べたデータだった。

「八五パーセントですか。結構多いんですね」

「マザコンは日本だけの現象ではありません。もともと世の男性はマザコンなので、イタリアなどでは、ママン、ママンと甘えるマザコン男が多いです。しかしイタリアはナンパ大国ですから、広い意味で女の人が大好きということで、あまりマザコンのことを責められないんです。その一方で、日本のマザコンのイメージは最悪ですからね」

「でもいいじゃないですか。岸本さんの話を聞いて安心しました」

「何でですか」

岸本は大きく首を捻る。

「日本の若い女性でも、一五パーセントはマザコンを許容できるということですよね。だから岸本さん、その一五パーセントの中から僕の結婚相手を探してください」

一八日目

「お話は希さんから聞いていますよ」

恵比寿《えびす》など滅多に行かない美由紀にとっては、そのヘアーサロンに辿り着くだけでも大変だった。渡された地図は大雑把で、しかも方向音痴の美由紀は恵比寿駅の出口を間違えてしまい、予約の時間を二〇分も過ぎてしまっていた。

「すいません。すっかり遅くなってしまって」

「気にしないで。全然大丈夫だから」

ナオキと名乗ったその美容師はイケメンだったが、何となくその物言いがゲイっぽいなと美由紀は思った。

「どんな風にしようかしら」

「私、ここ数年ずっとこの髪型だったんですが」

鏡の前に座らされて、美由紀は急に不安になった。これから一体、自分はどんな風にされてしまうのだろうか。

「うーん、これはやり甲斐《がい》があるわね」

櫛《くし》を入れながらナオキは言う。

「すいません」

美由紀はなぜか謝ってしまう。今すぐにでもここから逃げ出したい気分だった。

「でも髪に癖がないからやりやすいわ。どんな髪型にしたいの？」

家族以外とは特に人と会わない生活をしていたので、美由紀は自分の容姿に驚くほど関心がなくなっていた。どんな髪型にしたいかと訊かれても、何も思い付かなかった。

「何でもいいです。お任せします」

「じゃあ、モヒカンね」

ナオキは鏡越しににっこり微笑む。

「ややや、やめてください。そんな過激な髪型は無理です」

「冗談よ。美由紀ちゃんは小顔だし、顎《あご》のラインがきれいだからショートの方がいいと思うわ。そしてパーマをかけて髪自体に丸みをつけて、ふんわり感を出すといいと思うの」

ナオキが美由紀の顎が見えるように、両手で髪の毛を持ち上げる。

「わかりました」

「じゃあ、カットは思い切ってばっさりいくけどいいかしら」

「どれくらいのショートですか」

「これぐらい」

そう言いながらナオキは美由紀の顎の辺りで、ハサミのように髪を指で挟む。

「そんなに切っちゃって大丈夫ですか」

中学生の時にそれぐらい短くしたことはあったが、ここ一〇年はずっとこの長さだった。

「美由紀ちゃんは女の子っぽい柔らかい顔立ちをしてるから、本当はショートの方が似合うのよ。マニッシュ感を加えることでいい感じになると思うわ」

「わかりました」

「それから眉が薄めで二重《ふたえ》瞼《まぶた》だから、髪は茶系に染めた方がいいわね。好みの色とかある？」

「茶髪にそんなたくさんの色があるんですか」

「もちろんよ。ピンクブラウンならちょっと赤みがかっているし、ミルクティーブラウンはまさにミルクティーの色だし、ちょっと青っぽいブルージュっていうのもあるわよ。どれがいい？」

「どれが似合いますか」

あんまり変な色にはしたくなかったが、ここはプロの意見を聞くのが一番だと思った。

「そうねー。本当はオレンジブラウンが面白いと思うんだけど、美由紀ちゃんってお見合いをするのよね」

「はいそうです。まだできるかどうかはわかりませんが」

「だったらやっぱり男受けを考えて、ミルクティーブラウンかな。透け感がある色だからお上品で優しい感じになるし、どんなファッションにも合わせやすいから」

「わかりました。じゃあ、それにしてください」

ナオキは美由紀の黒髪を人差し指と中指で挟み、そこにハサミをあてがった。

「じゃあいくわよ」

美由紀は黙って頷《うなず》いた。

次の瞬間、ジョキリという音がして、美由紀の黒髪がはらりと落ちる。

二〇日目

「磯部《いそべ》守《まもる》、四二歳です。帝京《ていきょう》大学の医学部を卒業して、今は都内の大学病院に勤めています」

沙織は岸本に紹介された医師限定の婚活パーティーに参加した。このパーティーの運営会社とスマイル結婚相談所が提携しているらしく、本来一万八〇〇〇円かかる参加費は特別に半額にしてくれた。

『このまま何もしなければ、何もはじまりません。沙織さんが希望するお医者さんでも、ピンからキリまで色々な方がいらっしゃいます。まあすぐに結婚ということにはならないかもしれませんが、色んな婚活パーティーに参加してみるのは勉強になると思いますよ』

岸本の言うことにも一理あると思ったし、沙織は医師限定の婚活パーティーにはもともと興味があった。いい人がいれば、すぐに結婚してしまうかもしれない。

恵比寿の高級ホテル内のレストランが、婚活パーティーの会場だった。

ランチタイムとディナータイムの間に行われるパーティーでは、そのレストランの軽食も食べられるそうだ。沙織は午前中に美容院に行き、買ったばかりのピンクのワンピースを着て会場にやってきた。

しかし会場に一歩足を踏み入れた瞬間、沙織は違和感を覚えた。

既に数人の参加者がいたが、ほとんどの女性がモデルや芸能人のようだった。沙織も容姿には自信があったが、小顔で目がぱっちりとした可愛い女の子や、胸の谷間を意識したセクシーなドレスを着た美人を見ると、レベルが違うと思い知らされる。そして何より、胸に付けるように言われたネームプレートを見ると、周りの女性たちはほとんどが二〇代で、沙織はダントツで年上だった。

「時間になりましたので、そろそろパーティーをはじめさせていただきます」

司会者がマイクを片手にそう言った時、会場には男性が五人しかいなかった。その一方で女性は一三人もいる。急に男性の欠席が出たというわけではないらしく、どうやらいつもこんな感じの男女比のようだ。

「お住まいはどちらですか」

五人の男性の参加者が一列に並べられた椅子に座り、その前に同じように並べられた椅子に女性が座りマンツーマンで会話をしていく。持ち時間は一人三分間なので、女性は一五分で終わってしまうが、男性は四〇分ほどかかることになる。

「茨城です。田舎《いなか》なもので、あまり出会いがないんですよ」

このパーティーの男性の参加者は、関東近郊に住んでいる人が多いようだ。

モデルのような女性陣の一方で、男性陣のルックスは最悪だった。チビ、ハゲ、デブはまだ許せなくはないが、本当に医者なのかと疑いたくなるほど不潔そうな男もいた。中には挙動不審な人物もいて、本当に医師免許を持っているのか疑いたくなる。

『医師限定のお見合いパーティーは、相当な変わり者もいますからそのつもりでお願いします』

岸本にもそう言われていたが、誰もが羨む高給取りなのに結婚できていないのだから、そんなのしか残っていなくても当然なのかもしれない。

「沙織さんの趣味は何ですか」

四五歳にして早くも頭頂部の髪の薄さが気になる男性が、沙織の胸のプレートをじっと見ながら低い声で訊いてくる。さっきまで隣の「胸の谷間女子」と嬉《うれ》しそうに話していたので、そのテンションの低さを露骨に感じる。

「お料理です」

沙織には趣味と呼べるようなものはなかった。しかし実家で家事はやっていたので、そう答えることにしていた。こう言っておけばマイナスにはならないと、岸本にアドバイスも受けていたからだ。

「お医者さんって、激務なんですよね」

沙織はインターネットで調べた知識を口にする。

「いや、僕は歯医者なんで、そんなでもないですよ」

医師と言っても色々なタイプがいることをネットで知った。大学病院などの勤務医よりも開業医の方が儲かるようで、外科は手術があって激務だが、眼科や耳鼻科はそれほどでもないらしい。そして一番儲かるのはやはり美容整形なのだそうだ。

「このパーティーには、よく参加されるんですか？」

「そうですね。これで四回目です」

男性参加者の大半は、何度もこのパーティーに参加していた。つまりこの冴《さ》えない関東近郊の医師たちを紹介してもらうために、女性は毎回一万八〇〇〇円も払わされているのだった。男性の会費はたったの一〇〇〇円だった。

「それでは時間になりましたので、次の方に代わってください」

そう言われて沙織は席を移動する。普通こういうパーティーでは男性が席を移動するのだそうだが、この男女比ではしょうがない。

「はじめまして。沙織さんはＯＬさんなんですか」

新しく座った席で、ちょっと太めの男性にそう訊ねられる。

「はい。赤坂《あかさか》の食品メーカーに勤めています」

ズバリ、プライム上場の自分の会社名を言いたかったが、引かれる場合があると岸本には言われていた。広報部に所属していることも、却ってマイナスになる可能性があるらしい。

両隣でもここぞとばかりに会話が交わされているので、相手の声が聞こえづらい。そうなると、ますます自分の声が大きくなる。

「どちらにお住まいですか」

「上尾《あげお》で開業医をやっています」

特にイケメンというわけではなかったが、参加者のなかでは唯一この男がルックス的に合格だと思った。それは他の女性たちの視線からも感じられるので、事実上今日のこの婚活パーティーは、この一人の男を巡る一三人の女性たちの戦いなのだろう。

「お休みの日には何をされているんですか」

「病院が忙しいので休みの日はぐったりしてますが、たまに誘われてゴルフに行ったりはしますね」

　そう言いながら、視線が沙織の右隣の次の女性にちらりと向けられる。そこには二三歳の目元がぱっちりとしたアイドルのような女性が座っている。

「ゴルフはお上手なんですか？」

再び沙織に視線を戻した上尾の開業医にそう訊ねる。

「普通です。そんなにしょっちゅうやるわけでもありませんから」

不機嫌そうにそう言った。本当はゴルフがあまり上手くないのかもしれない。

「沙織さんは何かスポーツをやっているんですか」

「私もゴルフを少しだけやります。今度、機会があったら一緒にラウンドしてみたいですね」

　沙織は不倫関係の恋人と一緒にゴルフに行くことがあり、レディースティーから打てば、男性とも互角に勝負することができた。

「では時間になりましたので、次の席に移動してください」

　いよいよこれからという時に、司会者の声に遮られてしまった。

沙織は未練を残しながらも、隣の席へと移動する。

さっきまで話していた上尾の開業医の目の色が変わる。アイドルのような二三歳を目の前にして、既に満面の笑みを浮かべていた。

「沙織さんのその靴、素敵ですね」

その後あまり盛り上がらない二人の医師との三分間が終わり、最後の席に腰を下ろすといきなりそう話しかけられた。

「どうもありがとうございます」

栃木の病院に勤める産婦人科のその医師は、沙織の靴に興味があるようだった。

「ちょっと裏側を見せてください」

黒いピンヒールだが靴底が赤く、銀座《ぎんざ》のデパートの店頭で一目惚《ひとめぼ》れして衝動買いしたものだった。

「その靴で、赤坂まで出勤されるんですか？」

「そうですね。まあ靴は好きなんで、他にも色々持っていますが」

男のくせに靴に興味を示すなんて珍しいなと思った。ちょっと見直してその男性の顔をよく見ると、鼻がやたらと大きくて唇もそうとう分厚かった。左の頬に大きな黒子《ほくろ》がありそこから黒い毛が伸びている。

「男性なのに、靴がお好きなんですか？」

「自分で履くのはそうでもないですが、沙織さんみたいにスタイルのいい女性が、そんな靴を履くとカッコいいなと思いまして」

スタイルのいい女性はまわりにたくさんいたので、案外お世辞が上手いのかもしれない。今までの四人が自分に興味を示さなかったので、そんな風に関心を持ってもらえるだけでちょっと嬉しい気分になる。

「それでは時間になりましたので、次の方と交代してください」

その後もその医師とは話が弾み、あっという間に制限時間になってしまった。

「それではこれから第二部となります。ここからはフリータイムですので、気になった方に積極的に話しかけてください」

沙織が唯一いいと思った上尾の医師は、予想通り二三歳のアイドル女に話しかけている。一瞬それを一二人の女たちが冷ややかに見たものの、すぐ残りの四人の男が気に入った女性に近づいていく。なにしろ一三対五なので、女性が確実に八人余る計算となる。

いくら医師とはいえ、あんなチビ、ハゲ、デブに相手にされないと思うと情けない。今すぐにでもここから出ていきたい気分だったが、そうもできないので、スマホを片手に時間を潰《つぶ》すか、会場の軽食をつまむしかない。さすがに高級レストランだけあって味はなかなかなのだろうが、屈辱的な気分のままでは今ひとつ味わう気になれない。

「沙織さん、ちょっといいですか」

その時、栃木の勤務医に声をかけられて、モデルのような周囲の女たちの視線が沙織に集中する。明らかに体重一〇〇キロオーバーのその男だが、見ようによっては愛嬌のある顔と言えなくもない。

「は、はい、どうぞ」

「今日、この後の予定はありますか？」

いきなりこの後の予定を訊いてきた。

「特に予定はありませんが」

大きな鼻に分厚い唇、この顔を愛せる自信はなかったが、それでも相手は医師だ。時間をかければ慣れるかもしれない。

「じゃあ、僕と一緒に六本木《ろっぽんぎ》に行きませんか」

その日のうちにデートに誘うなど、相当に積極的な男だ。しかし沙織は小首を傾げて考える。

「どうして六本木なんですか」

顔に似合わず、お洒落な店でも知っているのだろうか。

「やっぱりご存じないですか」

ちょっと残念そうな顔をする。

「何のことですか」

「六本木に、有名なＳＭプレイ専門のラブホテルがあるんですよ。そんな靴を履いているから、てっきりそういう趣味の方なのかと思ったんですが」

男は黒くて靴底が赤いピンヒールに目をやった。

「沙織さん。その靴で僕を思いっきり踏んでくれませんか」

二二日目

「自分が好きになった相手が、重度のマザコンだったら嫌だよね」

岸本は掃除中の希にそう訊ねる。アルコール消毒液をつけた布巾で、椅子とテーブルを入念に拭《ふ》いているところだった。

「星野さんのことですね」

岸本は大きく縦に首を振る。

壁の時計の針は午後五時をさしていた。土曜日なのに、今日は朝から一人も事務所に訪ねてこない。マザコンの星野伸之でも、なんとか成婚させて成果報酬を得られないだろうか。そうしないと、この事務所の賃料が払えなくなってしまう。

新型コロナ禍の前までは、この会社もそれなりに儲かっていた。しかし緊急事態宣言下の自粛要請期間中は、周りの飲食店やブティックと同じように滅多にお客さんが来なくなってしまった。他の結婚相談所のように月会費制にしていればよかったのだが、今回ばかりは完全に裏目に出てしまった。

「マザコンとでも結婚していいって答えた一五パーセントの女性たちって、一体どういう考えなんだと思う？」

男の岸本にはその心理がわからなかった。

「そりゃあ、マザコンでも資産家だとか凄いイケメンだとか、それを補う何かがあればいいってことなんじゃないですか」

資産家ということでは、星野家はそれなりに資格を満たしていた。

「どれぐらいの資産があったら、希ちゃんはマザコン男とでも結婚するの？」

「そう言われると悩みますね」

希は作業していた手を止める。

「資産というよりは、自分が自由になるお金がどれだけあるかですね。まずは都心に広めのマンションかなんかがあって、さらにブランド品を買《か》い漁《あさ》っても、なくならないぐらいお小遣いがもらえれば結婚してもいいです」

「だけどあの星野家の場合、お母さんが黙ってないだろうな」

「別居すれば大丈夫でしょう。それも旦那さんの稼ぎがよくないと不可能でしょうけど」

伸之の年収は軽く一〇〇〇万円を超えていた。

「旦那の財布の紐《ひも》を、完全に握ってしまえばできなくもないか」

「マザコン男性は女性に優しいから、比較的尻に敷きやすいっていいますよ。もともとママにどっぷりと依存してきたから、今度はその相手が奥さんに代わるだけなんだそうです」

そう考えると、ちょっと希望が持てるような気もしてくる。

「だけどあの星野さんですよね。自分からぐいぐい行くタイプではないですから」

「そうなんだよ。マザコンは置いておくとしても、伸之さんは自分から積極的に動かないから、誰かが積極的に背中を押さないといけないんだ」

それは岸本の役割なのだが、伸之はなかなか思うように動いてくれなかった。最初にお見合いした女性とは連絡が行き違ってしまったまま、未だに会っていなかった。

「結婚相談所に来る男性は、そういうタイプが多いですからね」

草食系か勘違い男。結婚相談所に流れ着く男は、このどちらかであることが多かった。

草食系は、そもそも女の子を口説いた経験がないから始末が悪い。その一方で女の子の方にはプライドという壁があるから、男性側から動いてくれないと話が進まなかった。どっちもどっちなのだが、お互いにますます結婚からは遠ざかる。勘違い男はお見合いの席でセクハラやパワハラ発言を連発して、次のデートに進むことすら難しい。

「だけど星野さんを結婚させるのは、意外と難しくないかもしれませんよ」

「どうして？」

岸本は希の顔を覗き込む。

「マザコンの男性は、お母さんの言うことはよく聞くわけじゃないですか」

「そりゃそうだけど」

希は腰に手を置いて、人差し指で岸本の顔を指さした。

「だったら最初に、お母さんにお見合いしてもらえばいいじゃないですか。そしてお母さんのお眼鏡に適《かな》う女性をまず選び、その人と結婚するように説得してもらうっていうのはどうですか」

言われてみればその通りだった。

奥手の伸之をその気にさせて、マザコンを隠して女の子を口説かせるよりも、母親から伸之を説得してもらう方が簡単なはずだ。

「星野さんのお母さんってちょっと面白いところもあるから、意気投合する女の子が現れるかもしれませんよ」

「それはいい作戦だ。早速、データベースで当たってみるよ」

岸本は早速パソコンに向かい、キーボードを叩きはじめる。マザコンの母親と相性のいい女性とはどんな人物だろうか。岸本は伸之の母親の顔を思い浮かべる。

別にプロフィール欄に、「マザコン可」と書いてあるわけでもないし、わざわざ「お姑《しゅうとめ》さんと仲良くなります」などと書かれたものもない。

いい考えのような気がしたが、どんな女性ならばあの母親と上手くやって行けるのだろうか。やはり慶応出の才媛か。それともお嬢様大学の出身者だろうか。男の岸本には、その辺の機微がわからない。

「希ちゃん、伸之さんのお母さんと気が合いそうな女の人って、どんなタイプだと思う？」

掃除が終わり、部屋を出て行こうとする希の背中に声をかける。

「難しい質問ですね」

そう言いながら希が岸本の隣に腰掛けて、同じパソコンを覗き込む。会員データを見るために細くてきれいな指がマウスを操り出すと、シャンプーの優しい香りが漂ってきてなぜか岸本は緊張してしまう。

「若い人からお年寄りまで、結構色んな人が登録しているんですね」

「最近はリタイア後に配偶者を亡くして、もう一度結婚しようとする人もいるからね。ざっと六〇万人の会員が登録していると言われているんだ。今、日本で結婚したがっている人の四パーセントぐらいにはなるかもしれない」

「岸本さん。いい方法を思い付きましたよ」

マウスを操る希の指がピタリと止まる。

「この方法ならば、星野さんのお母さんのお眼鏡に適う女性を一〇〇パーセント探し出せます」

「どんな方法？」

「星野さんのお母さんに、親コンに参加してもらいましょう」

結婚適齢期の子供を持つ親同士の婚活パーティーを、親コンまたは代理婚活パーティーと呼ぶ。

「そうか、親コンか。それはいいかもしれない」

せっかく本人同士が気に入っても、親の反対で破談してしまうカップルは少なくない。また仲之のように自分の婚活に消極的な子供を不安に思った親が、自ら子供の婚活に動くようになっている。先に親同士でマッチングするというのは悪くない方法で、最近親コンは増える傾向にあった。

　昔ながらのお見合いの復活と言えるかもしれない。

「早速相談してみよう」

　岸本は知り合いの街コン会社の社長に、スマホで電話をかけながら部屋を出る。そこは沙織の医師限定お見合いパーティーを主催した会社で、街コンならば実に様々なものを行っていたが、さすがに親コンまではやっていなかった。そこでその社長から、知り合いの親コンを主催する会社に当たってもらった。

　岸本が部屋に戻ると、希は岸本の机に座ったままで飽きずにマウスを動かしていた。

「どうでしたか？」

「来月の親コンに余裕があるから、そこに入れてもらうことにした。伸之さんのお母さんにも電話をしてみたら、かなり乗り気だったよ」

「それはよかったですね」

　希はパソコンのモニターを真剣に見つめている。

「希ちゃんは、いつもいいアイデアを出してくれるから本当に助かるよ」

　本当に希には助けられていた。腕のいい美容師や、お見合い写真を上手に撮れる写真スタジオなど、なぜか希には独特な人脈があった。

「そうですか。じゃあご褒美として、ちょっと社長にお願いしてもいいですか」

「お願い？　給料に関することなら、今はちょっと難しいよ」

「そう言うと思いましたよ」

　希が白い歯を見せる。

「それに関しては諦めてます。その代わりこのデータベースを、自由に使わせてもらってもいいですか」

　会員のデータベースは結婚相談所の生命線だった。プライバシーの問題もあるので、希といえども今までは自由にアクセスさせていなかった。

「どうして？」

「私の結婚相手を、このデータベースで徹底的に探したいんです。これだけ会員がいれば、最高の結婚相手が見つけられそうな気がします」

　本来であれば、会員情報をスタッフが個人的に利用するのは厳禁だった。

　しかし希がこのスマイル結婚相談所の会員になり、さらに業務として閲覧したという体《てい》にしたらどうなのだろうか。

「希ちゃん、本気で婚活するつもりなの？」

「もちろんです。私ももういい年ですから、このままじゃいられません」

　ちょっと寂しい気分になる。しかし三四歳という希の年齢を考えれば、今すぐ真剣に婚活をするべきだろう。

「今回のコロナ禍で、結婚について考えさせられました。今後も暫《しばら》く景気はよくならないでしょうから、結婚でもしないと現実的にお金が足りませんので」

安月給しか出せていない岸本は、ちょっと申し訳ない気分になる。

それなりにブランド品なども持っているので、希の実家は裕福なのだろうと思い込んでいた。しかし東京で一人暮らしをする希が、この会社の給料だけで生活しているのだとしたら、確かに厳しいだろう。

「それにコロナに感染して、一人で死んでいくのは嫌ですからね」

普段は強気な希から、そんな言葉が出るとは思わなかった。

「よしわかった。希ちゃん、このデータベースに好きにアクセスしていいよ」

いちいち岸本がマッチングするより、直接本人が端末を操作した方が話は早い。これだけのデータがあれば、さすがに好みの男性も見つかるだろう。

「やった」

拳《こぶし》を握って希が小さくガッツポーズをした。

「ただしあくまでそれは、この会社の業務としてだよ。そして気に入った相手がいたら、僕に教えてくれ。そこから先はこの相談所の会員である希ちゃんに、僕が仕事として紹介する形にするから」

「わかりました」

「それから希ちゃんに、特別ボーナスとして二〇万円支給することにしたよ」

「えっ、本当ですか」

希が不思議そうな顔をする。

「そしてその二〇万円を、スマイル結婚相談所の入会金としてもらうことにするからね」

二四日目

「大分、雰囲気が変わりましたね」

事務所で美由紀に再会した時に、その劇的な変化に目を瞠《みは》った。上品な色の茶のショートボブ、それにデニムのジャケットがよく似合っている。誰が見てもこの女性が、つい数週間前まで冴えない腐女子だったとは思わないだろう。

「希さんから教えてもらった美容院に行ってきました。母も私の変わりようにびっくりしていました。こんなことなら、もっと早くやっておけばよかったです。本当にありがとうございました」

嬉しそうに話す美由紀の顔が輝いていた。

「メイクのオンラインセミナーもやりました。今まで自分が、本当に間違ったメイクをしていたことがよくわかりました」

美由紀にはさらに、人気のメイクアップインストラクターのオンラインセミナーを受けることを勧めてあった。

「自分のしたいメイクをするんじゃなくて、自分に合ったメイクをすることが大事だったんですね」

一回五〇〇〇円の受講料で、容姿が一変するのだから安いものだ。

ブサイクを美人にするのは難しいが、正しいメイクをすればブサイクを普通にすることは可能だった。美由紀はもともとブサイクではないのに、今までお洒落に興味がなかったせいで、かなり間違ったメイクをしていた。初対面の時には違和感があったあの赤い縁の眼鏡も、今ではファッショナブルに感じてしまう。

「これでプロのスタイリストに洋服を選んでもらって、さらに一流のカメラマンにお見合い写真を撮ってもらえば、お見合い希望が殺到すると思いますよ」

そのスタイリストもカメラマンも、希の知り合いだった。

この結婚相談所は、そんな腕のいいスタッフたちと提携しているから、成婚率を高くすることができていた。

「自分でもこんなに変わるとは思いませんでした。なんか街を歩くのが楽しくなりました」

「確かお相手は若くてイケメンがご希望でしたね。そのままの条件で希望を出してもいいですか？」

「そうですね。あとは優しい方がいいですね」

「美由紀さん、街コンに興味ありますか」

同じ趣味同士の男女が集まって、一緒に楽しみながらマッチングをするのが街コンだった。

「興味はありますが、まだ一度も参加したことはありません」

「これが結構面白いんですよ。普通のお見合いパーティーだと、本当にガチガチの結婚相手探しですが、街コンはもう少し遊びの雰囲気があって、趣味の活動を通じて相手の意外な一面も見られたりします。美由紀さんはまだ若いから、ちょっと気楽な感じの街コンとかの方がいい出会いがありそうな気がしますね」

「どんな街コンがあるんですか？」

「人気があるのはグルメ系ですね。ワイン教室とかピザ作りとか、ラーメン婚活なんていうのもあります」

「ラーメンを食べながら、お見合いパーティーをするんですか？」

「ラーメンを作る方もありますし、食べるだけのもあります。料理系の街コンは他にも、スイーツとかそば打ちとかたこ焼きなんていうのもありますよ。参加費もそれほど高くないし、趣味を増やすと思って気軽に参加する人も多いです」

そう言いながら、変わった街コンばかりを主催している会社のパンフレットを美由紀に手渡した。

「面白いところでは、食品サンプル作りコンなんていうのもありますよ」

「なんですか、それ？」

「レストランとかにある料理の見本のことです。日本の食品サンプルはその技術力が高く評価されていて、海外でも人気なんですよ」

「それはそうかもしれませんが、それと婚活って結び付くんですか」

「その辺は価値観の問題ですね。そんな街コンが面白いと思う者同士ならば、ノリが合うから上手く行くかもしれませんし」

美由紀が小首を傾げて考える。

「さらにユニークなところでは、暗闇《くらやみ》コンっていうのもあります。開始早々にアイマスクをつけて、目隠しのまま参加者に色んな体験をしてもらい、最後の最後にアイマスクを外してもらうという街コンです」

「第一印象だけで相手を判断しないように、考えられたんでしょうか？」

「そうなんでしょうね。でも美由紀さんはせっかくきれいになったんだから、この暗闇コンだともったいないですね」

美由紀は照れ臭そうに俯《うつむ》いた。

「スポーツ系も多いですよ。野球やサッカー、卓球、テニス、最近はやっぱりヨガが人気ありますけど」

「スポーツはあんまり得意じゃないので」

「ハイキングやバーベキュー、キャンプ、釣りなんていうのもあります。バスツアーコンとか旅行コンっていうのもあるらしいですが、そうなるとまるでどこかのテレビ番組みたいですよね」

「本当ですね」

「もちろん美由紀さんがお好きな漫画やアニメ、そしてゲームを楽しみながらの婚活もありますよ」

美由紀が左右に首を振る。

「そんなオタクの人ではなくて、もっと普通の社会人が参加する街コンがいいです」

「趣味が違ってもいいんですか」

美由紀がこくりと頷くと、薄茶色のショートヘアーが軽く揺れる。

「漫画やアニメは自分が好きなだけで十分です。実は髪型を変えてお洒落するようになったら、今まで感心がなかったことが急に気になり出しちゃったんですよ」

美由紀は嬉しそうに言った。

「なんだか洗脳が解けたような気分です」

二五日目

「この三人とかどうでしょうか」

岸本は部屋に入って来た希に、いきなり男性の写真がプリントされた三枚のプロフィールを手渡された。

「これは？」

「私のお見合い候補です」

会員データを閲覧し、さっそく自分のお見合い候補をピックアップしたらしい。岸本は複雑な気持ちでその三枚のプロフィールを見た。

「随分と作業が早いね」

率直な感想ではあったが、ちょっと嫌みっぽかったかなと反省する。

「そうですね。何しろ時間が大事ですから」

しかし希は気にしない。将来の自分のお婿《むこ》さん候補のことしか、考えていないようだった。

一人は東証プライム上場のメーカーのサラリーマンだった。

早稲田《わせだ》大学を卒業した四一歳。短髪の清潔そうな男性の画像が目に飛び込んでくる。趣味もテニス、スキー、ゴルフと書かれていて、なかなかのスポーツマンのようだった。

二人目は横浜《よこはま》国立大学卒の神奈川県の地方公務員だ。年齢は四二歳で、黒い眼鏡をかけた真面目そうな人物だった。趣味は読書と映画鑑賞。両親と三人で横浜の一戸建てに暮らしていた。

最後は東大卒で、財閥系のシンクタンクに勤務している四〇歳だった。縁なし眼鏡のちょっと神経質そうな人物が、黒いスーツ姿で写っていた。年収は一二〇〇万円。この三人の中では一番の高給取りだった。

「割と堅実そうな人たちだね」

ちょっと意外な感じがした。

今まで聞いていた話では、マスコミ関係者やＩＴ企業の経営者など、希はもっと派手な職業の男と付き合ってきたはずだ。こんな地味な男性たちと結婚して、希は満足できるのだろうか。

「結婚となると、そういうタイプの方が安心ですからね」

その一言で、いよいよ希が本気で結婚を考えていることを実感する。

「実はその三人、昨日登録されたばかりなんです」

「へー、そうなんだ」

岸本が三人のプロフィールを見直すと、確かに登録は昨日の日付だった。

「登録されて一ヵ月も経ってしまえば、もう他の女性会員と具体的なところまで話が進んでいるか、または男性本人に何か女性に断られるような問題があるんだと思うんです。そんな人たちとお見合いするのは、時間の無駄です。私も年齢的には有利とは言えないので、とにかく先手必勝を狙《ねら》います」

希は語気を荒くする。

「その作戦は悪くないと思うよ。結婚相談所を使った婚活は、何よりも勢いが大切なんだ。膨大なデータがあるから、つい判断を先送りする人が少なくない。途中までいい感じでお見合いが進んでいたのに、もっといい人と出会えると思って断っちゃう人が多いんだ」

「そうすると次からハードルが上がっちゃうんですね」

「その通り。その断った人以上の条件じゃないと決断できなくなっちゃうからね。それにもしもそんな好条件の人物が現れたとしても、相手が自分を気に入ってくれる保証はない」

そして時間だけは無情に過ぎていく。時間が経てば経つほど女性側の条件は悪くなる。しかも毎日新しいライバルたちが次々と登録されてくるのだ。

「じゃあ、岸本さん。その三人にお見合いの申し込みをしてください」

「でも本当に、希ちゃんはお見合いするの？」

「そうですよ」

希は不思議そうな顔で岸本を見る。

「私がお見合いするの、何か問題がありますか」

「いや、希ちゃんなら、お見合いなんかしなくても、すぐに新しい彼氏を見つけてくるもんだと思っていたから」

今まではそうだった。恋人に浮気されたと騒いでいたくせに、一、二週間ですぐに新しい恋人ができていた。希ぐらいの美人ならば、どこにでも出会いのチャンスがあるものだと思っていたが、どうもそうではないらしい。

「コロナ禍でそうもいかなくなったんですよ。これからは遊び半分の人ではなくて、真剣に結婚を考えている人としか交際しません。それに私も子供を産むなら、そろそろ決断しなくてはならない年齢ですし」

真面目に結婚や出産について語る希が、岸本には遠い存在のように思えてしまう。

「コロナ禍を機にそう思い出した若者は、結構多いと思いますよ。うちはまだですが、これから結婚相談所に入会したがる人は増えてくるんじゃないですかね」

地震などの大きな災害があると、婚姻率は上がる。新型コロナ禍をきっかけに、家庭を持とうと思う男女は増えるだろう。

「そうかもな」

そうなれば、スマイル結婚相談所も一息つける。

「だから岸本さんだって、結婚した方がいいんじゃないですか」

二七日目

「岸本さんの言う通りでした」

事務所にやって来た沙織は、椅子に座るなりそう言った。

「やっぱり医師限定婚活パーティーは、いまいちでしたか」

「いまいちどころじゃありませんよ。お医者さんなのに結婚できない男性というのは、やはりそれなりに理由があるんですね」

沙織にはまずは現実をわかってもらう必要があった。

「まあ、そういうことですね。お医者さんって高収入だし、周りに看護師さんとか、いっぱい女性がいるじゃないですか。それなのに結婚できないっていうのは、何か問題があると考えた方が自然でしょうね」

「今回は本当に勉強になりました。それに二〇代前半の女の子でも、本気で婚活している子が多いんですね。私なんかそんな年齢の頃は、結婚のけの字も考えてませんでしたから」

沙織は軽くため息を吐く。

「まあ時代が変わって、若い子の意識も変わったんです。沙織さんも僕から見れば、十分に若いですけど」

沙織の意識が変われば次の手が打てる。

岸本は時々、わざと医師限定の婚活パーティーに会員を参加させて、その現実を知ってもらうという荒療治をすることがあった。

「沙織さん、格差婚を狙ってみませんか？」

「格差婚って何ですか？」

年収、学歴、家柄など、男性よりも女性のスペックが高い男女格差のある結婚に踏み切るカップルが増えている。

「沙織さんは上場企業の総合職でそれなりにお給料がいいですから、そのまま働き続ければ相手の年収が少々低くても家計としては問題ないじゃないですか。医師限定の婚活パーティーでおわかりになったと思いますが、沙織さんの年齢では、正直誰もが羨むような医師やエリートサラリーマンとゴールインするのは難しいです」

はっきりと言ったが、沙織は表情を変えなかった。やはり医師限定婚活パーティーに行ってもらった甲斐はあったようだ。

「しかしちょっとお相手の条件を変えれば、ゴールは間近です。低収入でも性格や容姿のいい男性はたくさんいます。むしろ家事や子育てを手伝える男性の方が、時間と気持ちには余裕があるわけで、仕事を抱える沙織さんにとってはハッピーなお相手だとは思いませんか」

三高などのハイスペックな男性は、結婚しても忙しくて家事や子育てを手伝ってくれる可能性は低い。浮気される心配もあるわけで、沙織のように高給を取っているのならば、むしろ三高ではない相手を選ぶ方が理に適っていた。

「ちなみに年下の男性とお付き合いしたことはありますか？」

「いいえ。今まで一度もありません」

沙織が付き合ってきたのは、今まですべて同年齢以上だという。

「不景気の中で育ったせいか、二〇代の男性は従順で優しい人が多いです。しかしフリーランスや派遣だったりすると、収入が不安定だからと結婚を諦めてしまう人も少なくないんです」

「私が男性を養うということですか」

「さすがに無職の方はお薦めしませんが、収入と年齢の条件を広げてお見合い相手を探したらどうでしょうか。案外いい人が見つかるかもしれませんよ」

沙織は首を傾げて考える。

「ある教育者が、子育てに関して言った名言があります」

突然話題を変えたので、沙織が怪訝《けげん》な表情をする。

「子育ては何とかの練習である。クイズみたいで恐縮ですが、その教育者は何て言ったと思いますか?」

「……我慢ですか」

「近いですが違います。答えは待つことです。子育ては待つことの練習である。子供の近くにいると、つい親がやってあげたくなるものですが、それでは子供のためにならないんです。そこは子供が自分でやるまでじっと待つ。親が待てるようになるために、子育てがあるのです」

「へー、面白いですね」

「それじゃあ結婚は、何の練習だと思いますか」

沙織は頭を捻って考える。

「思いやりですかね」

「違います。結婚は、許す練習なんだそうです」

「許す、ですか」

「結婚なんかそんなものなんです。結婚相談所にいらっしゃる方々は、結婚に期待を抱き過ぎです。自分の理想とは異なる相手を少しずつ許すこと、そしてその相手とどのような家庭を作っていくか考えることこそが大切なんです」

結婚をしてないくせに、岸本はしたり顔でそう言った。

「わかりました。私、お見合い相手の条件を少し変えてみます」

「ところでこの話にはオチがあって、最後、人生も何かの練習だっていうんです。答えは何だかわかりますか」

　沙織は腕を組んで考える。

「子育てが待つで、結婚が許すならば、人生は諦めの練習なんじゃないですかね」

　岸本は白い歯を見せる。

「答えは、笑う練習です」

三〇日目

「どうですか、会ってみたい女性はいますか」

　宇都宮は写真がプリントされた一〇枚のプロフィールを、もじゃもじゃ頭を掻きむしりながら順番に見ていく。

　てっきり冷やかしで終わるかと思っていたが、宇都宮は希に食ってかかってきた翌週に、入会金の二〇万円をきっちり入金してきた。

「やっぱり僕は、希さんの方がいいですね」

　できれば担当を岸本に代わってもらいたかったが、希が担当となることが宇都宮の入会の絶対的な条件だった。

「そう言っていただけるのは有難いのですが、私はもう婚約しているので」

　希は左手薬指のダミーの指輪をちらりと見せる。

「有難い？　ということは僕のことが嫌いというわけではないんですね」

　この男が言葉の裏の意味とかは読み取れないことを思い出す。ここは明確に否定しておかないと、トラブルの元になるかもしれない。

「いいえ、はっきり言って迷惑です。私の婚約者にも失礼ですし、ですから私のことは諦めていただいて、宇都宮さんのお見合い相手を探しましょう。こちらの方々とかはどうですか。比較的、私に似たタイプの女性を選んだつもりですが」

　希は自分に雰囲気が似ているタイプの女性を、データベースから選んでおいた。その中の何枚かのプロフィールを宇都宮に見せる。

「本当に希さんは婚約しているんですか」

　希の胸の鼓動が高まった。

「そうです」

「相手は誰ですか？」

「それはプライバシーに関わることなので、お答えできません。それよりも、その三人の女性はいかがですか」

　宇都宮は残念そうに顔を伏せて、新しい三枚のプロフィールに目を落とす。

「この三人だったら、希さんの方がきれいだと思います」

　またしても話が希のところに戻ってくる。

「この女性はどうですか？　彼女は宇都宮さんのプロフィールを見て、お見合いを希望してきた方の中の一人です。宇都宮さんがＯＫならば、すぐにでもお見合いを設定できます」

宇都宮に新しいプロフィールを手渡した。早稲田大学を優秀な成績で卒業し、海外への留学経験もある才媛だった。

「相手はどんなタイプですか？」

「頭は相当いいと思いますよ。大手の自動車メーカーに勤めていましたが、二年で辞めていますね。そこで何があったのかは、実際に会って聞いてみないとわかりませんが」

「いや、僕のお見合い相手の話ではなく、希さんの婚約者のことですよ」

一瞬、宇都宮が何を言っているのかよくわからなかったが、どうやら希の婚約者のタイプを知りたがっているらしい。

「そ、それはですね……、プライム上場企業のサラリーマンです。スポーツマンタイプですね」

希は自分がお見合い希望を出した四一歳のことを思い出していた。ここはその人物のことを話して誤魔化そう。

「スポーツマンですか。そうか、僕はスポーツが苦手だからな」

宇都宮はある意味素直な性格なので、人の言ったことはなんでもストレートに信じてしまう。だから咄嗟《とっさ》についた希の嘘を、全く疑う様子はなかった。

「この女性はいかがですか。年齢も二四歳とお若いですし、都内のミッション系のお嬢様学校を卒業していますから、宇都宮さんとお似合いのような気がしますよ」

さきほどの早稲女《わせじょ》とは全く違うタイプを提案してみる。どっちを選ぶかによって、宇都宮の好みのタイプがわかるはずだ。

「どうしてこの女性が、僕とお似合いだと思うんですか？」

真剣な表情で宇都宮は訊ねる。

「そ、そうですね」

そう真剣に問われると答えに困る。

「可愛いらしいお嬢さんタイプですし、それに都内のミッション系の大学出だからイメージもいいですからね」

「なんで都内のミッション系のお嬢様学校だと、イメージがいいんですか？　地方の国立大学だとイメージが悪いんですか」

いちいち質問してくるので面倒くさい。

「あくまで一般論ですけど、都内のミッション系の大学出身に、お洒落で可愛い子が多いイメージはありますよ。誰もがそうだとは言いませんけど」

「僕は自分が通った大学以外のことは、よくわからないんですよ」

現役合格でしかも東大しか受験しなかった宇都宮は、他の大学のことはほとんど知らず、ましてや世間的な評判など考えたこともないそうだ。

「出身大学にこだわらないとするなら、宇都宮さんのお見合い相手はどんな基準で選んだらいいんですか」

「それがよくわからないんですよ」

　宇都宮は大きく首を傾げる。

「そもそも宇都宮さんは、どういう女性が好きなんですか」

「だから希さんみたいなタイプです。でも希さんは、婚約してるんですよね」

「そうです」

「その婚約が解消になったりはしないんですか」

　嫌なことを言うなと思った。もしも婚約していないことがばれたら、かなり厄介なことになるのではないだろうか。

「縁起でもないことを言わないでください」

「結婚式はいつなんですか。婚約したということだから、結婚式場はもう予約してあるんですよね」

　だんだん外堀を埋められていくような気分だった。

「それはまだ決まっていません」

　宇都宮が疑いの眼差《まなざ》しで希を見たような気がした。

　目の前の男は変人だが、不思議な思考の持ち主だ。ひょっとしたら、希の婚約が作り話であることを見抜いてしまうのではないだろうか。

「希さんの婚約相手って、ここの社長の岸本さんなんじゃないですか」

　一瞬、耳を疑った。

「どうしてそんな風に思うんですか」

「だってこんな小さな会社で、男女が二人っきりで働いているわけじゃないですか。何かが起こっても不思議はないと思ったから」

そういう考え方もあるだろうが、希と岸本は年が一〇歳離れている。しかも希にはずっと誰かしら恋人がいたので、今までそんな関係になったことはもちろんない。

「いやいやそれはありません。それに岸本は既に結婚していますから」

「本当ですか？　岸本さんは独身のくせに、結婚しているって嘘をついているんじゃないですか」

ずれているのか鋭いのか、この目の前の男は本当によくわからない。

「岸本と私の話はそれぐらいにして、宇都宮さんのお見合い相手の話に戻りましょう。宇都宮さんのタイプの女性が私だとするならば、私のどんなところが気に入ったんですか？」

「やっぱり、顔ですね。性格はそんなにタイプではありませんから」

希はちょっと腹が立った。

「宇都宮さんは、私の性格とかがわかるんですか」

「なんとなくわかります」

「どんな性格だと思いますか」

「きつい性格です」

自分ではあまりそういう自覚がないので、そのセリフはちょっとショックだった。そういえば岸本にも、かつて似たようなことを言われたことがあった。

「じゃあ、宇都宮さんは、私の顔だけ気に入ったってことですか」

「スタイルもいいと思います。もう少し胸が大きければもっといいですが」

「それって完全なセクハラですよ」

「あ、すいません。訊かれたんで素直に答えてしまいました」

　無性に腹が立ってきた。結局男なんて、外見しか見ていないのだ。それも若くて扱いやすい女がいいに決まっている。

「じゃあ、この方とかこの方とかはいかがですか？」

　出身大学というフィルターをはずし、希が美人だと思ったプロフィール写真を宇都宮に見せる。中には高卒の女性もいた。

「確かにみんなきれいですね」

「どうですか、誰か気に入った女性はいますか」

　しかし宇都宮は大きく首を捻る。

「やっぱり、きれいな人と結婚した方がいいんですかね？」

「は？」

　一瞬、希の頭の中が真っ白になった。

「宇都宮さんは、顔がきれいな人が好きなんですよね」

　この目の前の変わり者でなくても、男は基本的には美人が好きだ。稀《まれ》にデブやブサイクが好きな男もいるらしいが、希はそんな男に会ったことがない。

「でも結婚となるとどうなんでしょうか」

　宇都宮が意外な言葉を口にする。

「顔がきれいな人と結婚すると、幸せになれるんでしょうか」

　宇宙人と話をしているような気分になってくる。

「幸せ、ですか？」

「そうです。みんな幸せな結婚をしたいから、結婚相手で悩むんですよね」

「まあ、そうなんでしょうが」

「美人と結婚した男性は、みんな幸せになれたんでしょうか」

　希は胸の前で腕を組んで考えてみる。

「いや、美人と結婚したから、幸せということはないでしょう。世間体はいいでしょうが、美人な分、わがままだったり浪費癖があったり、または浮気性だったりする可能性もありますよね」

「やっぱりそうですか」

　宇都宮の眉間に皺が寄り、口をへの字にして首を傾げる。

「だから宇都宮さんも、見た目以外の部分でお見合い相手を選んだ方がいいかもしれませんよ」

「だとすると、どんな部分で相手を選べばいいんでしょうか」

盲点を突かれたような気がしてはっとする。

見た目や年収そして学歴など、データはプロフィール上でわかる。しかしそれらのデータを除外したら、一体何を基準に相手を選べばいいのだろうか。

「とにかく、色々な女性に会って、自分がいいなと思える相手を探してください。何人もの女性とお見合いするうちに、自《おの》ずとそれがわかるようになるんじゃないでしょうか」

「だけどどういう基準で、会う人を決めればいいのかがわからないんです。いっそ希さんが決めてください。希さんが決めた人の中から、僕は順番にお見合いすることにします」

第二章

三一日目

「それではこれから、実際に食品サンプルを作っていきたいと思います」

美由紀が参加した食品サンプル作りの街コンは、浅草《あさくさ》にある食品サンプル屋で行われた。工場のようなところかと思っていたが、商店街の中にお洒落な構えの店舗があり、そこではスパゲッティ、ピザ、ハンバーグ、パフェ、スイーツや和菓子にいたるまでありとあらゆる食品サンプルが売られていた。さらにその店の奥で、定期的に食品サンプル作り体験が有料で行われている。

「まずはプロの先生にやってもらいますから、皆さんよーく見ていてくださいね」

ピンクのストラップを首からかけたスタッフが、先生を紹介する。先生と言っても二〇代前半の若い女性で、先生よりも年上の参加者の方が多かった。この街コンは男女五人ずつで、男性の参加費が五〇〇〇円、女性は二〇〇〇円。それ以外に材料費として二五〇〇円を徴収された。

「誰にでも簡単にできますから、心配しないでください」

ぬるま湯が張られたシンクの前に先生が立つと、そのまわりをビニールのエプロンをかけた参加者が取り囲む。一時間前に集合した一〇人の男女は、既に自己紹介とプチ交流会をすませていたが、まだ打ち解けたというにはほど遠い。

美由紀も気になる男性が何人かいたが、きちんと話はできていなかった。

「カッコいい男の子はいた？」

いきなり隣の女性から声をかけられる。

「私、蛭田佳代子《ひるたかよこ》。よろしくね」

「染谷美由紀です。私、こういうところ初めてなんで、よくわからないんです」

「街コンはお見合いパーティーほどマジじゃないから、気軽に楽しめばいいのよ。気に入った男の人とかいたら協力するから」

佳代子は自分と同じぐらいの年齢に見えたが、街コンにはかなり参加していて、それなりのコツを知っているらしい。

「あの赤いネルシャツの男の子なんかいいんじゃない。年齢的にも美由紀さんと合っていると思うよ」

そう言うと、佳代子は美由紀の手を引いてその男性に近寄っていく。

確かにその男性は、美由紀も気にはなっていた。

「食品サンプル作りには、色がついた蠟《ろう》を使います。まずは皆さんに、天ぷらの食品サンプル作りに挑戦してもらいます。これから海老《えび》とレンコンの天ぷらを、一緒に作ってみたいと思います」

　蠟で作られた海老とレンコンが事前に用意されていた。他にカボチャやピーマンなどもあり、ちょっと見には本物の野菜と見分けがつかない。衣をつけてしまうから、そんなに精巧に作らなくてもよさそうなものだが、そこまでこだわるのはさすがだと思った。

「この材料を、皆さんには天ぷらに揚げていってもらいます」

　シンクの隣に溶けた黄色い蠟があり、先生はそれをおたまですくい紙コップの中に注ぐ。

「この黄色の蠟が天ぷらの衣になります。蠟は熱いので、取り扱いには十分に気をつけてください」

　先生は紙コップをシンクに張ったぬるま湯の上に持ち上げると、少しずつその黄色い蠟を垂らしていく。

「どばっと入れないで、ちょっとずつジグザグにして薄い膜を作ります」

　ぬるま湯の上に落ちた黄色い液体は、当然ながら水とは混ざらない。熱い蠟が冷やされて、徐々に黄色い膜ができはじめる。

「この衣の上に、材料の海老を載せます」

　先生は精巧に作られた海老の食品サンプルを、でき上がったばかりの黄色い蠟の膜に載せた。

「そしてこれを縦に沈めて、素早く丸め込みます」

　海老のまわりに冷えた蠟がくっついて、さらにそれを素手で丸めると、確かに天ぷらのような形になる。

「まだ柔らかいですから、多少形がいびつでも大丈夫です。もう熱くないので、いらない衣を手でちぎって形を整えます」

衣がつきすぎて不格好な部分を手でちぎり、膨らみ過ぎているところは軽く押さえる。黄色い蠟がほどよく海老を包み、海老の天ぷららしくなる。

「大体の形が整ったなと思ったら、これを冷水に入れます」

冷水に入れると、海老の天ぷらの食品サンプルは、あっという間に固まっていく。

「はい、これで完成です。意外と簡単でしょ？」

確かに簡単そうではあった。しかし熟練の先生だからこそ、上手くできるのではないだろうか。果たして美由紀のような素人でも、いきなり上手くできるのだろうか。

「次にレンコンの天ぷらを作りたいと思います」

レンコンも基本的には海老と同じだった。最後に棒を使ってレンコンを覆った黄色い蠟に穴を空けると、さらに本物っぽくなった。

「それでは男女でカップルになって、協力しながら食品サンプルを作ってみてください」

街コンスタッフがそう声をかける。

「よろしくお願いします」

美由紀は赤いチェックのネルシャツを着た男性の隣にいたので、自然な流れでカップルになれた。佳代子とチラリと目が合うと、素早くウィンクを返してきた。

「こちらこそ、よろしくお願いします」

ネルシャツを着た彼は清潔感があって、間近で見ても素敵だった。

「まずは僕が衣を作りますから、海老の方をお願いします」

器用に紙コップを操りながら、ぬるま湯の上に薄い黄色い膜を作る。

「今です」

その声に押されて、美由紀は海老を衣と一緒に水中に沈め、衣を巻き付けようとするが上手く行かない。

「ごめんなさい。ちょっと衣がつき過ぎてしまいました。どうしましょう」

尻尾《しっぽ》の方にばかり黄色い衣がついてしまい、とても天ぷらには見えない。

「まだ温かいから大丈夫なはずです」

ネルシャツ君は美由紀の手の上から天ぷらをぎゅっと押さえる。

流れの上でのこととはいえ、素敵な男性に暫くの間手を握られ、美由紀の心臓は早鐘を打ち顔がとても熱くなる。

「この衣がくっつけば、何とかなるはず。上手くくっついてくれたかな？」

「どうでしょうね」

二人はゆっくりと手を離す。

「何とか、なりそうだね」

その後ネルシャツの彼は尻尾の余分な衣を長くて太い指で取ると、それを頭の方にくっつけた。さらに形を整える。

「天ぷらに見えますか？」

　美由紀は上目遣いにそう訊ねる。

「多分、大丈夫だと思います」

　美由紀がやった時は悲惨な感じだったが、ネルシャツ君の手際のよさで何とかそれなりの形になってきた。

「じゃあこれで固めますよ」

　美由紀がこっくり頷くと、彼はすぐに隣の冷水に天ぷらを入れる。

「凄くお上手ですね」

　冷水で固まった海老天の食品サンプルを引き上げると、見事に衣がくっついていてなかなかの出来栄えだった。

「どう、食べられそうかな？」

「とても美味しそうです」

三三日目

　岸本はバイクを事務所の駐車場にとめると、いつものように鉄の階段を駆け上って事務所の裏の扉を開いた。

「希ちゃん、お疲れさん」

希はデスクでコーヒーを飲んでいた。今日の髪型はポニーテールだったが、希はどういう基準で、日々の髪型を変えているのだろうか。

「おはようございます。岸本さんのコーヒーも淹れましょうか？」

「悪いね」

事務所には一〇万円で購入したコーヒーメーカーがあり、本格的なエスプレッソやカプチーノなども素早く淹れることができた。岸本が自分の部屋に入りパソコンを立ち上げると、星野伸之からのメールが着信していた。

『親コンの件、母も楽しみにしています。話を進めてください』

自分の結婚を親主導で進めることを嫌がるかと思ったが、伸之はそのアイデアにもろ手を挙げて賛成してくれた。

「岸本さん、いつものエスプレッソでよかったですよね」

香ばしい匂いとともに希が入ってきた。

「ありがとう」

白いカップに口をつけると、芳醇《ほうじゅん》な香りが鼻腔《びこう》全体に広がっていく。

「ところで希ちゃん、週末のお見合いはどうだった。上手く行ったの？」

部屋を出て行こうとする希の背中に話しかける。

希が選んだ三人のお見合い候補に希望を出したら、先手必勝がよかったのか三人ともに〇

Kだった。希は自ら素早く日程を調整し、この週末にその三人全員とお見合いをセッティングした。

「うーん、まあ悪くはなかったんですけど」

小首を傾げる希の表情が冴えない。

「思ったほどにはよくなかったってこと？」

「いいえ。よくも悪くも想像していた通りでしたね。凄く非常識な人もいませんでしたが、心がときめくような人もいませんでした」

東証プライム上場のメーカー勤務の早稲田大学卒、四一歳。

横浜国立大学卒の神奈川県の地方公務員、四二歳。

東大卒、財閥系シンクタンク勤務の四〇歳。

「三人の中では、誰が一番よかったの？」

「難しいところですが、神奈川県の公務員でしょうかね。なにしろ安定しているし、優しそうでしたから」

「いい人と知り合えてよかったじゃん」

希はトレイを胸に抱き、眉間に皺を寄せる。

「でもその人、超普通なんですよ。天気とか仕事の話とか、何を喋《しゃべ》っても安定して普通なんです。それって凄くないですか」

「別に普通でいいじゃん。希ちゃんはちょっと個性的だから、却ってそういう普通の人の方が合ってると思うよ」

「本当ですか？」

そう言われて岸本はちょっと考える。

口先だけでついそんなセリフが出てしまったが、それは職業病みたいなものだった。長らくこの仕事をやっていると、お見合い相手への不平不満を説得する癖がついてしまう。

「ところでそのお相手には、希ちゃんは気に入ってもらえたの？」

「それは多分、大丈夫だと思います」

相変わらずの自信家だと思った。ちょっと意地悪を言ってみたくなる。

「でも希ちゃんも、年齢的にはギリギリだからね」

「まあ、そうですよね」

「僕が担当している小林沙織さんっているじゃん」

「食品メーカーの広報をやっている会員さんですよね」

何度かコーヒーを出してもらっているので、希も沙織のことは知っていた。

「彼女もなかなかの美人なんだけど、希ちゃんと同い年だから結構苦労しているよ。今はちょっと条件を広げて相手を探しているところなんだ」

希の表情に翳《かげ》がさす。

「普通に恋愛するには三四歳でも何とかなると思っていましたけど、お見合いだと厳しいってことですか」

お見合いをするのならば、少々の美人でも条件を広げなければならない年齢だった。しかし希はかなりの美人だし、頭がよくてなんともチャーミングな魅力があるので、三人のお見合い相手の誰かとあっさり結婚してしまうかもしれない。

「一般的にはそう言わざるを得ないだろうな。だからダメだった時には、もう少し条件を広げていった方がいいと思う。これは純粋に担当アドバイザーからの助言だよ」

希は腕を組んで考える。

「ちょっと座ってもいいですか」

希が岸本のデスクの前の椅子に腰掛ける。

「先日、宇都宮さんと面談したんですけどね」

岸本は、東大大学院卒の個性的な会員の顔を思い出す。

「その時に、宇都宮さんが言ったんです。僕は美人が好きなんだけど、美人と結婚して幸せになれますかねって。私、その言葉を聞いて以来、なんか妙な気分になっているんです」

「妙な気分って？」

「上手く説明できないんですけど、自分の中で何か凄く違和感を覚えたんです。私はプロフィールを見る時、収入がよくて安定していて、私よりも身長が高くてできればイケメンの相手を探していました」

まあ希でなくとも、女性ならば普通そうするだろう。

「変人の宇都宮さんに言われたからそう思うだけなのかもしれませんが、そんなことで結婚相手を決めてしまって、幸せになれるのかなって。そういう男性は結婚してからもモテるから、浮気される危険もあるじゃないですか」

らしからぬことを言うと思った。今まで希はスペックで男を選んでいた。商社マンの恋人に浮気されて、ちょっと弱気になっているのだろうか。

「希ちゃん。トロフィーワイフって言葉知ってる？」

「なんですか、それ。初めて聞きました」

「男だったら若くてきれいな女の子、そして女性だったら高収入のイケメンと結婚したいと誰もが思うよね」

　希はこくりと頷いた。

「そういう相手と結婚できれば周囲から羨ましがられるし、結婚式の壇上でも鼻が高い。そんなトロフィーみたいなお嫁さんのことをトロフィーワイフって言うんだ」

「じゃあ旦那さんだったら、トロフィーハズバンドですね」

「そんな言葉は聞いたことないけど、まあそうだね。この場合問題なのは、自分の承認欲求を満たしたいがために、本当は自分とは合わない人と結婚してしまうことなんだよ。そういうカップルは結婚してからが大変で、離婚したくても世間体を気にして離婚できない。世の中の仮面夫婦のほとんどが、このパターンなんじゃないのかな」

　その一方で、いつまでもトロフィーが諦められなくて、目の前にあるチャンスを逃してしまう人もいる。家族、親せき、友人たち、そんな人間関係を一切考えなくてすむのならば、結婚は大分シンプルになるはずだ。もっともそれならば「事実婚」でいいわけで、籍を入れる必要もないのかもしれない。

「家族に祝福されても本人たちが幸せになれなければその結婚は失敗だし、経済的には貧しかったり、世間から後ろ指をさされることがあっても、幸せな夫婦や家族というのは案外いるからね」

「変わり者の宇都宮さんだから、むしろそれに気付けたんですかね」

「そうかもしれないね」

「岸本さんは、トロフィーワイフが欲しいとは思わないんですか？」

そう言われてみるとどうだろうか。しかしもうこの年では、さすがに誰もが羨むような女性と結婚などできないだろう。

「俺はもういい年だからね」

「ずるい。この間までは、結婚できないんじゃなくて結婚しないだけとか言ってたくせに」

希が口を尖らせる。

「それはもちろんそうだけどさ」

「じゃあ誰もが羨むようなトロフィーワイフと結婚してくださいよ」

岸本は軽くため息を吐いた。

「希ちゃん、俺が結婚しない本当の理由を教えてあげようか」

「是非、教えてください」

希が身を乗り出してきて、美しい顔が目の前に迫る。

その時、二人の間にあったデスクの上の電話が鳴った。

「はい、スマイル結婚相談……あ、はい、はい、星野さん。そうです、そうです。……ええ、まあ伸之さんの言うことで間違ってはいません」

星野晶子からの電話だった。

その話はまた後でと視線を送ると、察した希は静かに席を立ち、部屋の扉を閉めた。

三五日目

星野晶子が参加した親コンパーティーは、都内の一流ホテルで行われた。

広い宴会場の中には「あ行」から「わ行」までのプレートが置かれたテーブルが一〇卓ほどあり、そのテーブル席に男性側の親が座っている。その前に女性側の親が順番に座り、職業、年収、長所、短所。身長、体重、喫煙、飲酒などが書かれた子供の簡単なプロフィールを見せ合い、マンツーマンで質問をする。

「三五歳のＯＬさんですか」

晶子の前には白髪《しらが》頭の女性が座っていた。

子供の母親が参加するケースが多かったが、父親や夫婦一緒という姿もあった。そして中には、実際に子供も一緒に参加している家族もいる。

「三つ下の弟がいたこともあって、小さい時から積極的に家事をやらせたんです。ですから料理も上手なんです」

「そうなんですか」

岸本は親コンパーティーに参加したことがなかったので、見学ということで特別に会場に入れてもらい、晶子の様子を窺っていた。

「それに優しい性格なんで、旦那さんには尽くすタイプです。お姑さんともきっと上手くやれると思いますよ」

「大学はどちらをご卒業で」

パーティーの会費は二万円もしたが、富裕層だけが参加しているというわけではなかった。中には高卒の女性の親もいたが、そんな相手の場合、晶子は早々に会話を打ち切っていた。

「うちは短大卒なんです。川崎《かわさき》にある短大を出まして、今は横浜で働いています。真面目な性格なのでずっとその会社に勤めていまして、それなりに貯金もありますので経済観念もしっかりしてます」

白髪の女性は熱心に話すが、晶子の表情は冴えなかった。

晶子の前にはかなり長い列ができていた。しかし最も長い列をなしていたのは、三七歳勤務医の母親の前だった。三八歳東大卒の研究職にも長蛇の列ができているので、親コンだからといって普通のお見合いパーティーと求められているものに大差はない。

「どうもありがとうございました」

お互いに頭を下げて、晶子の前の白髪頭の女性が立ち上がる。

会話をしてお互いが気に入れば、写真付きで連絡先も書かれた身上書が交換される。それを持ち帰り子供が同意すればリアルなお見合いに繋がるのだが、三五歳のＯＬさんとは縁がなかったようだ。

そしてまた、新しい母親が晶子の前に座る。

「武蔵野《むさしの》音大を卒業されて、今はピアノの先生をされているんですか」

先ほどの女性の時とは打って変わって、晶子が身を乗り出して訊ねる。

「そうなんです。コンクールで入賞したこともあったので、一時は留学も考えたんですが」

「それは素晴らしいですね」

晶子の目が輝いた。

「しかし本人が、プロの壁は高すぎるので、小さい子にピアノを教える方が自分には合っているって言いましてね」

親コンが普通のお見合いパーティーと違うのは、親の方が家同士の釣り合いを気にするところだった。本人だったらあまり気にしないだろうが、親は相手の家が金持ち過ぎると引け目を感じる。その一方で富裕層も考えることは一緒で、あまりに貧乏な家との縁組は敬遠したい。晶子は相手の学歴と家庭環境、そして星野家と同程度の経済状態を基準にして、お見合い相手を選んでいるようだった。

「お嬢さんはおいくつですか」

年齢を重視しているところは、すべての男性側の親に共通していた。

圧倒的に二〇代、しかも前半が人気だった。手塩にかけて育てた子供が、年齢だけで弾《はじ》かれてしまう現実は辛《つら》いだろうなと岸本は思った。

「二六歳です」

プロフィールだけでなく、やはり実際に親と話すとその子供の雰囲気がわかる。この武蔵野音大卒の女性の母親は、良識もありそうで岸本には好感が持てた。彼女は身なりもきちんとしているから、その子供も経済的に余裕のある環境で慈しみ育てられたであろうことが想像できた。

「慶応を卒業されてあの一流メーカーにご勤務ですか。それは凄いですね。しかもアパート経営もされてるんですか」

岸本の予想以上に伸之は人気者だった。晶子は実家の家賃収入を、伸之の収入に加算していた。そうなるとプロフィールに書かれた条件は、このパーティー会場でも一番目か二番目に高いだろう。

「そんな大したアパートじゃございませんのよ。まあ、もともと大田区のその辺りに伸之の祖父が土地を持っていただけなので」

さらに晶子はさりげなく、大田区の高級住宅街であることを匂わせる。

「え、大田区に土地をお持ちなんですか」

ピアノ教師の母親のテンションが一段と上がる。

「伸之さんのご趣味は何ですか」

この質問は大丈夫だろうかと岸本は危惧した。

「そうですね。敢えて言うなら、音楽鑑賞ですかね」

「どんな音楽を聴かれるんですか」

「そ、そうですね。普通の歌謡曲とかですけど」

さすがに晶子も、ももクロとは答えなかった。

「クラシックなんかはどうですかね」

こんなにハードルを上げてしまった後に、お見合いに登場するのはあのマザコン男なのだ。

「そうですね。少しは聴いていたかもしれません」

「それならうちの子とも話が合うかもしれませんね。是非、身上書を交換させてもらえませんか」

「ええ、もちろんです」

晶子はにっこりと微笑んだ。

あちこちのテーブルからも大きな声が聞こえてくる。

父親よりも母親が、そして、より高齢な親の方が熱心に話しているように見えた。

自分が死んだ後のことを考えると、今のうちに何がなんでも結婚相手を見つけなければならないと焦るのかもしれない。この会場にいる母親たちが、子供のために最後の力を振り絞って狩りをするメスライオンに見えてしまう。

「うちの娘は大学を卒業して、ずっと家事手伝いをやらせていたんですが……」

また新しく初老の女性が晶子の前に座る。

ここに来るまで岸本は、親の代理婚活なんて過保護過ぎると思っていた。しかし昭和の中頃までは、これが普通のことだったのだ。親が決めた許婚《いいなずけ》と結婚するしないという話は、小説やドラマの中でもよく見られた。恋愛結婚できない人たちにとって、この制度は非常に合理的なのではないだろうか。親コンこそが、日本の少子化を防ぐ最も簡単な方法なのではないか。

会場内をよく見ると、一人でポツンと座っている親も多い。やはり三五歳を超える女性の親は人気がなかった。親が判断するお見合いパーティーなので、再婚などはほぼ相手にされず、普通のお見合いパーティーよりも年収などの数字に対する反応はシビアだった。

その時、突然大きな鐘の音がした。

「はい、個別面談会はここまでです。皆さん、いったん席から離れてください。一五分後にフリータイムを開始します。あちらの壁に今日の参加者の全プロフィールが貼ってありますので、それまでにどなたとお話しするか決めておいてください」

参加者が三々五々、壁の方に移動する。

晶子が岸本のところにやってきた。

「岸本さん。さっきのピアノ教師のお嬢さんだけど、伸之は気に入ってくれるかしら？」

どうやら晶子はあのピアノ教師をかなり気に入ったようだった。プロフィールを見ると年齢も二六歳と若く、飲酒や喫煙の習慣もなかった。

「どうでしょうかね」

そこに貼られた写真には、かなりぽっちゃり気味の女性が写っていた。

三八日目

「岸本さんのお薦めの方とお見合いをしてみましたが、実際にやってみると結構大変なんですね」

結婚は相手を許す練習。

岸本にそうアドバイスされた沙織は、相手の条件を広げて岸本が薦めた三人の相手とお見合いをした。

「結婚は許す練習と言われて、まずはお見合いも許す練習だと思って我慢しました。そう言われていなかったら、私は怒って帰ってしまっていたかもしれません」

「そんなにひどい人がいましたか」

「まともな人の方が少なかったですね。そもそも最初の人は、一五分も遅れて来たんですよ。しかも髪の毛に寝癖がついていたし、きっと寝坊して慌てて来たんでしょうね」

結婚相談所の男性会員で、マナーと身だしなみでＮＧとなってしまう人は多かった。汚れたヨレヨレの服を着ているとか、鼻毛が伸びているとか、そんなルックス以前の問題で嫌われてしまう。

「何で今まで結婚しなかったのかとか、子供はまだ産めるのかとか、デリカシーのない質問ばかりする人もいました」

女性と一度も付き合ったことのない人も多かった。そんな男性は緊張のあまり、パワハラ、セクハラめいた発言をしてしまうこともある。それでも一時間ぐらいは話をしなければならないのだから、寛大な心を持たないとお見合い自体が苦痛になってしまう。

「そしてなぜか最初っから凄く上から目線なんです。そのくせ出身大学とか勤務先は、大したところではないんですよ」

沙織はプライム上場のメーカー勤務だから、余計にそう思ってしまうのだろう。

「でもそれもこれも許す練習だと思って、じっと我慢しました」

「どうもすいません」

岸本は思わず頭を下げる。

「それでも最後の方は、比較的よかったです」

「どの方でしたっけ？」

岸本はテーブルの上のプロフィールをめくった。

「練馬にお住まいでビルの管理会社に勤めている方です」

それは以前打合せをした時に、「Ｆランク大学」を卒業しているというだけの理由で、沙織がＮＧを出した男性だった。

「どんなところが気に入りましたか」

「普通というか、常識的なところですかね。優しそうでしたし、その方とはごく自然に会話が弾みました」

岸本はほっと胸を撫《な》で下ろす。せっかく説得してお見合いまでしてもらったのに、不愉快な思いだけをさせてしまっては申し訳ない。

「そんな過酷なお見合いの最中に、私、ふと気が付いたんです」

「何にですか？」

「私は今まで、男性に気を遣ってもらったり、食事をご馳走《ちそう》になったり、そしてプレゼントをもらったりと、とにかく何かをもらうことばかり考えてきたなって」

沙織は長い髪を掻き上げる。

「一〇代の頃は何かをもらうと、認められたような気分がして凄く感動したんですが、二〇代になるともらうことがもう当たり前になってしまったんです。でもさらに年を取ってくると徐々にもらえないことが多くなってきて、だから最後は妻子のある男性との交際に走ってしまったんだと思います。家庭的な幸せさえ諦めれば、また色々なものがもらえましたから」

そんな一面はあるだろう。

「美味しいレストランで食事をするとか、高価なプレゼントをもらうとかって確かに嬉しいことですが、それが恋愛の目的ではないですよね」

「そうですよね」

　ちょっと見ない間に沙織は随分変わった。顔つきもずいぶん穏やかになったような気がする。これならば成婚するかもしれない。

「私昨日、不倫関係の男性と別れました」

「そうなんですか」

「はい。真剣に結婚を考えているので、もう会うのはやめましょうと言いました」

「彼は何と言いましたか」

「わかったと。案外あっさりだったんで拍子抜けしましたけどね」

　沙織は少し舌を出して微笑んだ。

「でもまあ、それはよかったです。じゃあその練馬の方と、早く本交際になるといいですね」

　結婚相談所での交際の仕方にはルールがある。

　お見合いで知り合った相手とデートをする状態を仮交際と呼んだ。これはあくまでお互いを知るための期間であって、この段階でお断りしても問題はない。やがてお互いに恋人のような関係になって「結婚を前提にして」交際することを、本交際と呼んだ。しかしきちんと「結婚を前提にして」という言葉を口にしないと、片方は本交際のつもりだったのにもう片方は仮交際だと思っていたなどのトラブルに発展することもある。

「そうですね。でもまだ他の男性にも会ってみようと思います。岸本さん、他にお薦めの男性っていませんか？」

「実は何人かお見合い希望が寄せられていまして、この男性とかどうですか」

岸本は新しいプロフィールをテーブルの上に置いた。

「私、岸本さんのお薦めならば、上手く行きそうな気がするんです」

沙織はにっこり微笑んだ。

「そう言ってもらえると、アドバイザーとしては嬉しいですね」

岸本が微笑み返すと、沙織はさらに楽しそうな笑みを浮かべる。

その時ノックもなしにドアが勢いよく開き、誰かが部屋に飛び込んできた。

「岸本さん、ひどいじゃないですか」

一人の長身の男が血相を変えて叫んだ。

「どうかしましたか、宇都宮さん」

声の主は希が担当している宇都宮だった。隣の部屋で希と打合せをしていることは知っていたが、一体何が起こったのか。

「希さんの婚約相手って、岸本さんだったんですね」

「ええっ」

岸本と同時に、一緒にいた沙織も驚きの声を上げる。

「すいません。それはどういうことですか？」

宇都宮が言っていることの意味がわからない。岸本も希も独身だが、職業上岸本は結婚していることになっていたし、希もダミーの指輪を左手薬指にしている。しかし二人が婚約しているだなんて、冗談にでも言ったことはなかった。

「希さんの言うことが何か変だと思って問い詰めたら、遂に白状したんですよ。岸本さんが希さんの婚約者だって」

「岸本さんは結婚していたんじゃなかったんですか」

今度は沙織がそう訊ねる。岸本は沙織に結婚しているとも、していないとも言っていない。しかし下手な答え方をしてしまうと、一気に信用を失う恐れがある。

「い、いや、それはですね」

「私、岸本さんが指輪をしていたんで、てっきり結婚されているのかと思ってました。だけどそれは、婚約指輪だったんですね」

「いや、あの、まあそうなんです。これには色々事情がありましてね」

ドアの向こうに目をやると、希が拝むように手を合わせているのが見えた。

四〇日目

「だからこうして謝っているじゃないですか」

希は両手を目の前で合わせて頭を下げる。

「いきなり宇都宮さんに怒鳴られた時には、わけがわからなくて完全なパニック状態だったよ」

「しょうがないじゃないですか。宇都宮さんが、私の婚約相手を教えないなら、僕は絶対に諦めませんなんて言い出したんですよ。下手なことを言うと、ストーカー行為ぐらい平気でやりそうですし」

「だからといって、俺を婚約者にしなくてもいいじゃないか」

「岸本さんなら、後でいくらでも口裏を合わせられると思ったんですよ。だけどまさかその足で、岸本さんの部屋に殴り込みに行くとは思いませんでした。私もまだ宇都宮さんを甘く見ていました」

それは決して大袈裟《おおげさ》な表現ではなく、あの時の宇都宮は、本当に殴りかかりそうな勢いだった。

「希ちゃんも、大変な人に気に入られちゃったね」

宇都宮は自分の結婚相談に来るというよりは、希を口説くために事務所に来ているようものなのだそうだ。希が何度婚約者がいると説明しても、それだけでは全く諦めてくれなかったらしい。

「これも社員を守るという社長の責務の一つだと思ってください」

そう言われてしまえばこれ以上文句は言えない。そんな宇都宮をさっさと強制退会にできない会社の経営事情にも責任を感じた。

「まあなんとか機転をきかせて、希ちゃんと来年結婚する予定だと言いつくろえたからよかったけど、もう少しで全面否定するところだった」

「本当に感謝してます。今日は私が奢《おご》りますから、どんどん食べて飲んでください」

お詫《わ》びと感謝の気持ちということで、希から食事に誘われた。

希が予約したこの店は会社から歩いて五分のところにあったが、岸本はこんな店があることも知らなかった。入り口に置かれた黒板に人気メニューとその値段が書かれていたが、そこそこリーズナブルな金額だった。

「しかし瓢箪《ひょうたん》から駒じゃないですけど、私と岸本さんが結婚するってことはないですかね」

希がドキリとするようなことを言う。

「希ちゃんはどう思うの？」

岸本は平静を装ってグラスの白ワインを一口飲んだ。

「まあ、ないでしょうね」

危ないところだったと岸本は思った。この目の前の女は、男を誑《たぶら》かす小悪魔的な才能の持ち主だ。これまでにもそんな誘導尋問に引っ掛かって、恥をかかされたことがあった。

「この店の名物は、この自家製のサルシッチャなんですよ。レモンとバジルが入っていて、なかなか美味しいですよ」

希はソーセージのような肉料理を岸本の皿に取り分けてくれる。サルシッチャはイタリア語で「腸詰め」という意味で、ソーセージによく似ているが燻製《くんせい》にしないため、肉本来の旨《うま》味《み》や味を堪能《たんのう》できる。

「確かに美味いね」

岸本はその肉片を頬張った。

「でしょ。このズワイガニとクスクスのサラダもいけますよ。特にこのイタリアワインに合うんです」

量が減った岸本のグラスに、希がボトルから白ワインを注《つ》ぐ。

「確かにワインがすすむね」

「岸本さん、今日は何もかも忘れて徹底的に飲みましょう」

すっかり誤魔化されてしまったような気もするが、こんな風に希と飲むのは久しぶりで、社内のコミュニケーションという意味でも悪くはない。

「それでどうなの。宇都宮さんはお見合いをしてくれそうなの？」

「やっとこの週末に一人セッティングできました」

「どんな人？」

あの変人は、どんな女性を気に入ったのだろうか。

「三〇歳の家事手伝いです。でもお茶大《ちゃだい》を卒業してるんですよ」

「その人、その年齢まで働いたことがないの？」

「大学院まで行ってますけど、就職したことはないみたいです。お金持ちのお嬢さんなのか、単なる引きこもりなのかはわかりませんが、宇都宮さんが家事手伝いというところに興味を持って」

「そこなの？」

「そうなんですよ。お茶大の大学院まで出て、どうやって家事を手伝っているかに興味があるらしいですよ」

岸本のフォークが思わず止まる。

「うーん、やっぱり宇都宮さんは相当な変人だね」

「だから私の苦労もわかってくださいよ」

岸本は大きく頷いた。

「ところで沙織さんの方はどうなんですか」

「やっと条件を広げてもらえて、お見合いをしてくれたよ。性格もいいし常識もあるから、意外と早く成婚するんじゃないのかな」

今度は希のフォークが止まる。

「沙織さんって、岸本さんのことが好きなのかもしれませんよ」

岸本は自分の耳を疑った。

「どうしてそんなことを言うの？」

沙織の顔が脳裏を過《よぎ》る。

「女の勘です」

「なんだ、勘か。何か確かな根拠があるのかと思ったよ」

「でも私の勘って、結構当たるんですよ。間違いなく、沙織さんは岸本さんに好意を持っています。そして私の今の一言で、岸本さんは沙織さんのことが気になりはじめます」

希は片眉を上げてニヤリと笑った。

そう言われると不思議なもので、暗示をかけられたように、沙織のことが気になりはじめる。

「そう言えば、あの話を聞かせてくださいよ」

しかしそんな岸本の気持ちのゆらぎを無視して、希は急に話題を変えた。

「なんの話？」

「トロフィーワイフの話をした時に、岸本さんが言いかけたじゃないですか。岸本さんが結婚しない本当の理由ですよ」

あの時は、星野晶子から電話が掛かってきたので、話が途中で終わっていた。岸本は自分が結婚をしない本当の理由を希に話すつもりなどなかったが、つい話の流れで口が滑った。

「そんな話はもういいじゃないか。あんまり面白い話じゃないし。それより希ちゃんの婚活はどうなの。仮交際中の神奈川県の公務員の人とはどうなっているの」

希はお見合いをした三人の中から、神奈川県の公務員を選び仮交際をスタートさせた。

「案外早く、本交際を申し込まれるかもしれません」

結婚を前提とした本交際を申し込まれOKの返事をすると、お互いに認めた恋人となったわけで、他の仮交際相手はすべてお断りするのがエチケットだった。恋人同士になったのだから、他の交際相手を探してはいけない。しかしまだ婚約というわけではないから、ちょっと微妙だった。

「それで希ちゃんはどうするの？」

希はテーブルに片ひじをつきながら、小さなため息を吐いた。

「考え中ですね」

　そして今度は背中を椅子の背もたれに強く押し付けて、大きく息を吸いながら頭の後ろで両手を組んだ。

「実は私、ちょっと前までキャバクラで働いてたんですよ」

「ええっ、そうだったの」

　岸本は大きく目を見開いた。

　そんなに凄い秘密をさらりと言う希に驚いた。決して清純派だとは思っていなかったが、希がキャバクラで働いていたことはショックだった。岸本もそういう店に行ったことがないわけではないが、希の働いていたという店はかなりアッパークラスの人たちが行くようなところだったので、急に遠い存在になってしまったような気がした。

「結構人気があったんですよ。銀座の有名店から、スカウトされたこともあったぐらいです」

　そう言われてみれば色々と辻褄《つじつま》が合った。安月給にもかかわらずブランド品を持っていたり、腕のいい美容師など独特の人脈があったり、彼氏と別れてもすぐにハイスペックな恋人ができたりするのは、そんな秘密があったからなのだろう。

「マジで。じゃあ相当お金貯まってるんじゃないの」

　希は顔の前で右手を左右に振る。

「そこまで本気になれませんでしたから、貯金なんて全然ありません」

　水商売は水商売で大変で、大金を稼ごうと思うと営業のメールや電話もしなければならない。ノルマを達成できないとペナルティもあり、さらには女の子同士の複雑な人間関係などもあるらしい。

「それにああいう世界って、お客さんを騙して大金を毟《むし》り取《と》っているようなところがあるから、性格的に割り切れなかったんですよ」

「それを聞いてちょっと安心したよ。俺の知っている希ちゃんが、夜の街で全然違う人格になっていたら、かなりショックだからね」

　キャバ嬢をやっていても、希が自分のよく知る希であることに変わりはないようだった。

「それに私って、高校生の頃から悪目立ちするのが嫌なタイプで、人からあれこれ言われるのが本当に嫌だったんです。ましてや競争の激しい夜の仕事で、人を押しのけてまで一番になろうだなんて思えませんよ」

　確かに希にはそういうところがある。二人で話しているとずけずけ言ってくるくせに、第三者がいる時は一歩も二歩も引くことが多く、決して目立とうとはしなかった。

「それでも都内で一人暮らしをする金額以上は稼げたので、それなりに贅沢《ぜいたく》はさせてもらいましたけどね」

「いつぐらいまでやってたの？」

岸本はグラスのワインを一口飲み、軽く深呼吸する。

「コロナの感染拡大前まででですよ。新宿《しんじゅく》も六本木もキャバクラやクラブはコロナで壊滅的な打撃を受けて、かなりの店が閉めてしまったんじゃないですかね」

そういう話は耳にしていた。しかし自分の会社の唯一の従業員が、そんなダブルワークをしていたとは。

「軽蔑《けいべつ》しましたか？」

岸本は首を左右に振った。

「うちの会社が儲かっていて、希ちゃんにもっと給料をいっぱい出せればよかったんだけどね」

経営者の岸本としては、希の夜の仕事をどうこう思う以前にそんな風に感じてしまう。

「だから今度ばかりは、本当に結婚しなくちゃならないんですよ。もう貯金はほとんど残ってませんし、だからといって水商売に復帰するのも難しいですから」

新型コロナウイルスが収束しても、すぐにはお客さんが戻らない可能性は十分にあった。

「それじゃあ、その神奈川県の地方公務員と本交際するの？」

「そうするべきなんでしょうが、本当に決められないんですよ。岸本さんがトロフィーワイフの話なんかするから、自分で自分の気持ちがわからなくなっちゃったんです」

希はワインを飲み干すと、空になったグラスに手酌でどぼどぼと白ワインを注ぐ。

「トロフィーワイフの話もそうですけど、岸本さんって何も考えてないくせに、他人の人生を左右するような意味ありげなことをよく言いますよね」

職業柄、色んな言葉を知っていた。その話術が、スマイル結婚相談所のキラーコンテンツと言ってもよかった。

「何も考えてないは余計だろ」

「いや、岸本さんは何も考えていません」

希の大きな瞳で見つめられると、反論する気が失せてくる。

「やっぱり教えてくださいよ」

「何を？」

「岸本さんが結婚しない理由ですよ。それを聞いたら、自分の結婚をどうすべきか、何か参考にできるかもしれませんから。場合によっては、私が岸本さんと結婚するかもしれませんし」

真面目な目をして希は言った。

「あんまり楽しい話じゃないよ」

「いいですよ」

岸本は目の前のワインをまた一口飲み、渇いた喉を潤した。今夜はちょっと飲み過ぎているかもしれないが、素面《しらふ》で喋れるような話でもない。しかし、キャバ嬢だった秘密を明かしてくれた希に、自分の話もしてみたいと思った。

「介護だよ」

希が怪訝な顔をする。

「俺のオヤジは一〇年ぐらい前に死んだんだけど、俺は今、七六歳になるおふくろと一緒に暮らしているんだ」

四二日目

「これがその街コンで作った天ぷらです」

美由紀は鞄《かばん》の中から海老の天ぷらの食品サンプルを出して希に見せた。

「へー、本物の天ぷらみたいですね。これを美由紀さんが作ったんですか？」

素人が作ったとは思えない出来栄えに、希は素直に感心する。

「はい。私と颯太《そうた》さんとでですけど」

美由紀が街コンで知り合ったネルシャツの男性は、亀井《かめい》颯太という二九歳のエンジニアだった。

「このレタスもなかなかのものですよ」

薄緑色のレタスを取り出して机の上に置く。レタスは二つにカットされ、その断面は本物のように多層になっている。街のレストランにある食品サンプルと比較しても、全く遜色《そんしょく》なかった。

「それで颯太さんとは、その後どうなったんですか」

二人がその日、ＬＩＮＥのアドレスを交換したことは聞いていた。

「颯太さんからすぐに連絡が来ました。実は先週の土曜日に、横浜でデートしたんですよ」

嬉しそうに美由紀は微笑んだ。

「それはよかったですね。どこに行ったんですか」

「まずはマリンタワーに上って、それからランドマークタワーにも上って、そしてその近くに停泊している大きな船に乗りました」

「日本丸ですね」

希は横浜に住んでいたことがあったので、その辺りの地理には明るかった。

「はい、そんな名前の船でした」

ランドマークタワーのすぐ近くに、大型帆船の初代日本丸が係留されている。一九三〇年に進水したこの練習帆船は、「太平洋の白鳥」「海の貴婦人」とも呼ばれ、国の重要文化財にも指定されていた。

「その後に中華街に行きました。私、あんな風に男の人と、丸一日きちんとデートしたのは初めてでした」

美由紀の年齢＝彼氏いない歴とは聞いていたが、デートも初めてだったとは知らなかった。

「だけどその後、颯太さんが中華街の近くのラブホテルに行きたそうな雰囲気だったので、マジで焦りました」

「最初のデートなのに？　それで美由紀さんはどうしたんですか」

「別にはっきりそう言われたわけではありませんが、先に私から断りました。初めてデートした女が処女だったら、絶対に引かれますからね。下着もダサダサだったし、何より私の心と体の準備ができてなかったんで。それとも行っといた方がよかったですかね」

　美由紀は眉間に皺を寄せてそう訊ねる。

「まあなにが正解かはわかりませんが、街コンやお見合いパーティーで出会った相手と、すぐにそういう関係にはならない方がいいと思いますよ」

「そうですかね」

「美由紀さんが断ったら、彼はどうしましたか」

「その時はあっさり納得してくれました。でももう二度と連絡が来ないかもと思うと、本当に心配です」

　美由紀は悲しそうな顔をする。恋愛に対する免疫力がないので、もう既にその颯太にぞっこんなのかもしれない。

「颯太さんがそうだと決めつけるわけじゃありませんが、街コンや婚活アプリの利用者には、結婚目的ではなくヤリ目《もく》で利用している人もいますから、十分に気をつけてください」

「ヤリ目って何ですか？」

　下品な言葉を使ってしまい、希はちょっと反省する。

「ヤリ目的の略です。つまり結婚する気もないくせに、一夜の関係だけが目的ですり寄ってくる男たちです。婚活を長くしていると、そんな男性とも出会ってしまうかもしれませんからね」

「そうなんですか」

「残念ながら、そういう男性は一定数います」

「でも私、いい加減に処女を捨てたいんです」

美由紀は真っ直ぐな目でそう訴える。

「じゃあ、今後真剣な交際をするようになったら、颯太さんとすればいいじゃないですか」

「無理です」

美由紀は大きく首を左右に振り、薄茶色のショートヘアーを揺らした。

「どうしてですか」

「私、颯太さんと真剣に交際するようになっても、このままではセックスができないと思います」

「美由紀さんは颯太さんが好きなんですよね」

「多分、そうなんだと思います。だからこそ颯太さんに嫌われたくないんです。私の処女を捧げてしまったら、颯太さんは一生重荷に感じてしまうんじゃないでしょうか。それに私も、二七歳まで処女だったなんて、そんなにイケてない面倒な女だなんて思われたくないんです」

その思考自体はわからなくもない。高校生ぐらいの女の子だったら、そんなことも考えるだろう。

「希さん、私にそのヤリ目の男性を紹介してくれませんか。さっさと処女を捨ててしまえれば、颯太さんと安心してセックスができると思います」

四六日目

「ただいま」

ドアを開けながら岸本が言ったが返事はなかった。奥からテレビの音が聞こえるので、母親がいるのは間違いない。

しかし家の中は真っ暗だった。

「母さん。帰ったよ」

鞄を置いて居間に向かう。腕の時計を見ると夜の九時を過ぎていた。

今日はヘルパーが来てくれる日なので、残業をして帰っても大丈夫なはずだったが、あまりにも静かなので不安になる。まさか部屋の奥で、母親が倒れているなんてことはないだろうか。慌てて部屋の電気を点《つ》けると、母親は部屋の隅で横になっていた。

「あ、お帰り」

目を覚ました母親は小さな欠伸《あくび》をしながら言った。

「ご飯は食べたよね?」

そう訊ねるが反応はない。しかしテーブルの上には食べ終わった食器があった。

岸本はテーブルの上の食器をキッチンのシンクに片づける。自分の夕食は帰りに買ってきたコンビニの弁当で済ませるつもりだった。

「新しいヘルパーさんはどうだった?」

母親が前の担当だったヘルパーを代えてくれと言ってきた。本当にそのヘルパーが悪いのか、それとも母親に原因があるのかわからなかったが、あまりにも言うのでケアマネージャーに相談して代えてもらった。

「ああ、いい人そうだったよ」

母親はテレビの画面をぼうっと眺めている。

岸本の両親は当時としては結婚がかなり遅く、一人っ子の岸本が生まれた時に、父親は四〇歳、母親は三二歳だった。父親は小さな部品工場を経営していて、母親はその会社の経理担当の事務員だった。

『母さんが結婚できなくて可哀想《かわいそう》だったから、俺が結婚してあげたんだよ』

父親は酔うとそんな話をよくしていた。

『私の方こそお父さんが一生独身じゃ可哀想だと思って、結婚してあげたのよ』

母親は必ずそう言い返していたので、結構似た者同士で仲がよかったのかもしれない。

しかし父親の会社は、リーマンショックの煽《あお》りを受けてあっさりと倒産した。借金を背負うようなことはなかったが、この笹塚《ささづか》の小さな実家以外は何も残らなかった。その時の苦労がたたったのか、倒産半年後に父親は胃がんであっさり死んだ。

　父親が死んだ後、母親はすっかり元気をなくし無口になった。


　テーブルの横に段ボール箱が積まれていた。何かと思ってよく見ると、通信販売の商品だった。すぐに中を確認するとテレビでよく宣伝している健康食品だった。

「母さん、また買っちゃったの」

「買ってなんかないわよ。勝手に段ボール箱が送られて来たの。達也、また電話しておいてね」

　母親はテレビで通販のＣＭが流れると、すぐに電話をしてしまう。しかもその電話を掛けたことを覚えていない。そのたびにキャンセルの電話を入れるのは、もはや岸本の日課だった。

　母親の認知症に気付いたのは三年前だった。

　夕食の味付けが極端に塩辛くなった時に、何かがおかしいと思いはじめた。やがて銀行の暗証番号がわからないと言われた時に、母親の認知症を確信した。

「ところで達也のお嫁さんは、いつ挨拶《あいさつ》に来るんだい」

　母親が微笑みながらそう訊ねる。

「また忘れちゃったの。来週の日曜日だって言ったじゃないか。母さんもその時はお洒落をして、俺に恥をかかせないようにね」

哀《かな》しいことに、母親は時間の観念がおかしくなっていた。「来週の日曜日」が来るたびに延期になっても、それを疑うことができなかった。

「わかってるよ。それでそのお嬢さんは、どういう人だっけ？」

「立教大学を卒業して、今はプライム上場の食品メーカーに勤めているんだ。なかなかの美人だし、お母さんもきっとその人を気に入ってくれると思うよ」

岸本は小林沙織を念頭に、そんな作り話を母親にする。しかしどんな話をしたところで、それに関する記憶は母親の頭の中には残らない。

「まあどんな人でも、お母さんはお前のところにお嫁さんが来てくれるだけで、本当に有難いと思っているよ。このままお前が一生独身だったら、死んでも死にきれないからね」

「大丈夫だよ。俺は結婚できないんじゃなくて、結婚しないだけなんだから」

「私が同居しているから、達也は結婚できなかったのかね」

母親は薄々それを気にしていた。要介護の高齢者がいる家に、嫁に来たいと思う女性はそうはいない。

「そんなことないって。俺がちょっと選《え》り好みしていただけだから。だけど今度の日曜日には挨拶に来るんだから、もう気にしなくてもいいんだよ」

四七日目

「岸本さんの方から、上手くママに伝えてもらえませんかね」

伸之は眉を八の字にしながらそう言った。晶子が親コンで選んだ音大卒のピアノ教師とお見合いをしたが、やはり気に入らなかったようだ。しかしそれを岸本の口から、母親に伝えて欲しいと伸之は言う。

「伸之さんが直接言えばいいじゃないですか」

伸之は顔を曇らせる。

「いや、一応言ったんですよ。僕のタイプじゃないし、会話もあまり盛り上がらなかったからって」

親コンパーティーで岸本が写真を見た時に思った通り、伸之はあのぽっちゃり女性を気に入らなかった。親子とはいえ、女性の容姿の好みが同じわけがない。ましてや母親は女性なのだから尚更《なおさら》だ。

「そもそも伸之さんは、どういう容姿の女性が好きなんですか」

参考までに訊いてみる。

「きれい系よりも可愛い系ですね」

もっともそのピアノの先生は、きれい系でも可愛い系でもなかった。しかし痩《や》せれば、また印象も変わるかもしれない。

「性格的にはどうですかね」

「やっぱり包容力があるというか、ちょっと控えめな性格でやさしい感じの人が好きです。職業で言えば保母さんとか看護師さんとかですね」

岸本は違和感を覚えた。伸之が好きなタイプの女性たちは、晶子が選ぶ花嫁候補とは、ちょっと乖離《かいり》しているような気がする。

「ももクロで言えばしおりんですね」

そんなアイドルのメンバーの名前を言われても、岸本には理解できない。

「それでお母さんは、何て言ってるんですか」

「一度や二度会っただけじゃ、相手のよさはわからない。せめてあと二回はデートしなさいって」

岸本は腕を組んで考える。

晶子の言うことにも一理ある。そもそもここでこのお見合い話を終わらせたら、またゼロからのスタートになってしまう。

「お母さんの言うことも間違っていないと思いますし、もう一度ぐらい会ってみたらどうですか」

少なくともその方が、伸之の婚活の練習にはなる。

「相手の女性も、僕のことを大して気に入ってないと思うんですよ」

　伸之は口を尖らせる。

「どうしてそんなことがわかるんですか？」

「ママと向こうの母親が、意気投合してるだけなんです。しょっちゅう親同士で電話してるし、この前なんか二人でランチに行ったんですよ」

「未婚の子供を持つ親同士で、情報交換をしているだけかもしれませんよ」

　結婚できない子供たちに比べて、その親たちの行動は活発だった。岸本は親コンパーティーで目にした親たちの必死の形相《ぎょうそう》を思い出す。

「相手の気持ちは確認したんですか」

「面と向かって訊いてはいませんけど、僕のことを気に入っているとは思えませんね」

　伸之はそう吐き捨てる。

「伸之さんは、絶対にその女性の方とは付き合えませんか」

「絶対とまでは言いませんが、あまり気が進みません。最初にホテルでお見合いした人の方が、まだタイプでしたね」

　しかしその女性からは、断りの返事をもらってしまっていた。

　慶応卒の一流企業勤務。しかも実家は大田区でアパート経営。伸之側の条件はかなりよいので、お見合い相手の年齢や学歴などの条件を広げていけば何とかなるかもしれない。どうにかして成婚まで持って行けないだろうかと、岸本は思った。

「伸之さん、お見合い相手の条件を少し広げてみましょうか」

「どの条件ですか」

「学歴を高卒以上にしてみませんか。そうすれば保母さんとか看護師さんも、お見合いの対象に入ってきますよ」

「いいですね。だけどママが何て言うか」

「仲之さん。もういい大人なんだから、そのママというのはやめてください。いつかお見合いの時にぽろっと出てしまいますよ」

「すいません。気をつけます」

仲之は右手で後頭部を掻いた。

「学歴が無理ならば、年齢を三五歳まで広げてみるのはどうですかね」

かなりのマザコンでも、年齢に危機感を覚えている女性なら、目を瞑《つむ》ってくれるかもしれない。

「うーん、どうですかね」

「仲之さんはいくつぐらいのお相手とならば、結婚してもいいと思ってるんですか？」

「僕はいくつでもいいですよ。でもママ、いや母は、初孫の顔を見ることが今の生き甲斐みたいなものですから、一歳でも若い人を希望するでしょうね」

そうなると三五歳まで広げるのは、現実的ではないかもしれない。

「母は僕の幸せなんかよりも、お祖母《ばあ》ちゃんになりたいという自分の夢の方が大事なのかもしれません」

一枚岩だと思われていた星野親子の間に、微妙な亀裂《きれつ》が生じていた。

「伸之さんは、お母さんの反対を押し切ってまで結婚する勇気はありますか」

岸本は伸之の顔を真っ直ぐに見たが、既に視線が泳いでいる。

「いや、どうでしょうかね。そこまでして結婚したいと思える人が、目の前に現れれば別ですが」

「もしもそんな女性が現れたら、お母さんの反対を押し切っても結婚できますか」

「いや、やっぱり色んな意味で無理かもしれません。僕はママを裏切れません」

伸之は自信なさげに俯いた。

「どうしてですか」

「今までずっとママの言うとおりにしてきたからです。今さら急に反対を押し切るなんてできません。母親がいない生活なんて、僕にはちょっと考えられません」

マザコンとは言うものの、伸之は母親の愛情に飢えて育ったわけではない。単純に親離れをするタイミングを逸してしまったのだ。

「とにかくもう一回だけ、そのピアノの先生と会ってみましょうよ」

五四日目

「真由美《まゆみ》さんとのお見合いはどうでしたか？」

宇都宮の前に白いコーヒーカップを置きながら、希は興味津々で訊ねる。宇都宮が興味を持った家事手伝いの女性は、岩本《いわもと》真由美という名前だった。

「家事手伝いって、自分の家の家事を手伝うだけのことだったんですね」

「そうですよ。何だと思ってたんですか」

「いや、家政婦さんみたいに、誰かほかの家の家事を手伝うのかと思ってました」

宇都宮の性格がわかってきたので、もはやこれぐらいのことでは驚かない。

「どんな方でしたか？」

「写真よりも、実物の方がきれいでしたね」

希も写真を見ていたが、真面目そうでちょっと野暮ったい印象だった。お見合い写真なので普通は何枚もの写真の中から自分のベストショットを選ぶものだが、彼女の写真はスマホで簡単に撮ったもののようだった。

「それで真由美さんとのお話は盛り上がりましたか」

「結婚を経済学的に考えるか、生物学的に考えるかで議論になりました」

もじゃもじゃの頭を掻きながら、宇都宮はコーヒーを一口啜る。

「それはどういう意味ですか」

「彼女が言うんですよ。結婚って経済学的に考えると、非常にシンプルだって。希さんは経済学の需要・供給曲線はご存じですよね」

「何でしたっけ、それ」

どこかで聞いたような気はしたが、英文科だったので経済学の用語はよく覚えていない。

「需要と供給と価格の関係を、グラフにして説明したものです。グラフの縦軸に価格、横軸に商品量を置くと、供給曲線は価格が上がれば上がるほど供給量が増えますから、右肩上がりに伸びていきます。一方で価格が上がれば上がるほど需要は減りますから、需要曲線は右肩下がりになります」

宇都宮は机の上にあった紙の裏側に、ボールペンで二つの曲線を描いて説明してくれた。

「需要が少ないのに高い価格で売れば商品は売れ残ります。一方で安売りし過ぎると、商品が足りなくなるのでやがては価格が上がります。そうやって多少の価格変動を繰り返しながら、グラフ上の需要曲線と供給曲線が交わるところで実勢価格が決定されます。これが需要・供給曲線です」

中学生ぐらいの時に、そんなことを習ったのを思い出した。

「それと結婚とどういう関係があるんですか」

希も目の前のコーヒーを一口啜る。

「お見合いという行為は、ある意味自分を売り買いすることですから、自分の結婚相手もこの需要・供給曲線で決定されるはずだと彼女が言うんですよ。ルックスや若さや財産や性格など、結婚相手のすべての条件を数値化できるのならば、その数値が高い者同士から順番に結婚が決まっていき、自分が誰と結婚すべきかは市場が決めてくれるって言うんです」

目の前の男も相当な変人だが、そのお見合い相手もかなり変わった人物のようだ。

「そうなのかもしれませんが人には感情がありますから、大根やキュウリを売り買いするようにはいかないでしょう」

「そうなんですよ。僕もそう思ったんです。そもそも人間の気持ちはお金みたいに数値化できないから、そこが難しいって言ったんです」

その通りだ。大根やキュウリとはわけが違う。

「そこは考えてはいけないと彼女は言うんです。そもそも好きだとか嫌いだとかいう感情があるから、人は判断を間違えるんだと。恋愛結婚は感情に左右される部分が大きいから、人はしばしば失敗して不幸な結婚を選んでしまうと」

希は腕を組んで考える。

若い頃なら反論するところだが、三五歳を目前にした希はその言葉の意味を噛みしめる。恋愛と結婚は別だという言葉もよく耳にする。結婚相手には経済力が必須だし、一時の感情で結婚したら、あとで相手がＤＶだったなんていうこともある。

「それで彼女は一切の恋愛感情を抜きにして、お見合い相手の男性を数値化することにしたそうです」

「そんなことが可能なんでしょうか。ＡＩを導入してマッチングされた相手と順番にお見合いするようになれば、ここみたいな結婚相談所は不要になりますけどね。だけど生涯の伴侶《はんりょ》をそう簡単に選べないからみんな苦労しているんであって、妥協ができないから一生独身なんてことにもなっちゃうんじゃないですか」

少なくとも希はそうだった。

データベースで見つけ出したお見合い相手と、その後も何回か会いはした。しかし、なかなか本交際に進む気にはなれない。

「それにデータに表れない部分はどうするんですか。優しさだったり、実はマザコンだったりと、性格や人間性は数値化できないでしょう。そもそもプロフィールには、マイナスの情報は書きませんからね」

病気や借金、宗教観の違いなど、結婚直前に問題が発覚してトラブルになることもあった。婚活しながら、岸本みたいに親の介護をしている人だっているだろう。

「その辺は、会って取材するしかないと言ってました。だけど彼女の面白いところは、お見合い相手の選別にも、数学的な方法を取り入れているところなんですよ」

「どんな方法ですか」

希は思わず身を乗り出してしまう。

「『お見合いの数理』という考え方です。数理モデルを、彼女なりにアレンジしたそうです」

初めて聞く言葉だった。そんないい方法があるならば、是非とも参考にしたい。

「まずはアトランダムにお見合い相手を選び、三人の人から仮交際ＯＫをもらうことを目標とします。しかしそのＯＫをもらった三人は、いい人がいても、残念ですが全員お断りします」

「せっかくＯＫだったのにもったいないですね」

「だけどそれで、大体自分がどれぐらいの市場価値があるかわかるようになります。今度はその三人の中で一番よかった人よりもいい条件の人を、徹底的に選り好みしてお見合いをします。そしてここから先は数の勝負で、オンライン婚活なんかも利用して、ひたすらお見合いを繰り返せばいいんです。この方法のいいところは、最初に三人からＯＫをもらっているので、その後に断られ続けたとしてもどの程度まで自分の希望を下げればいいか目安がわかるところで、また気持ち的にも余裕ができるのだそうです」

　プロの希から見ても、それはいい方法だと思った。あまりにお見合いで断られ続けると、特に女性側は自信をなくしてしまって、怖くて婚活が続けられなくなることがある。

「でも最初にお見合いをした三人の中に、ベストの人がいるかもしれませんよ」

「その確率は極めて低いと、彼女は言っていました」

「なんか科学の実験みたいですね」

「彼女もそう言ってました。でも合理的だし、頭がいいなって感心したんですよ」

　今日の宇都宮は、なんだか楽しそうだった。

「宇都宮さんは彼女を気に入ったんですね」

「はい。とても気に入りました」

　宇都宮はにっこり微笑んだ。

「じゃあ、仮交際の申し込みを入れておきましょうか」

「お願いします。でもまだ暫くは、彼女は他の男性たちとお見合いを繰り返すはずですけどね」

五八日目

「久しぶりだね、希ちゃん。どうしているかと思ったけど、相変わらず元気そうで何よりだよ」

六本木の寿司屋の暖簾《のれん》をくぐると、カウンターに座っていた一人の男が手を挙げる。

「一年ぶりですかね。桜木《さくらぎ》さんも相変わらずお元気そうで何よりです」

希はその男性の隣に腰掛ける。

高級そうなスーツに身を包み、左腕にロレックスのデイトナをつけている長身の男は、桜木琢朗《たくろう》という名前だった。

「お店が閉まっちゃってもう会えないかと思ったけど、ＬＩＮＥのアカウントはそのままだったんだね」

そう言いながらお猪口《ちょこ》の酒を呷《あお》る桜木は、希のキャバ嬢時代の上顧客だった。

「キャバ専用のＬＩＮＥなので、最近は滅多に見ないんですよ。だから返事が遅くなっちゃってすいません」

キャバクラを辞めた希だったが、『プライベートで飲まない？』という桜木の誘いに同意した。店が四年連続でミシュランの星を取っている有名店だったし、何よりキャバ嬢時代にさんざんお世話になっていたから邪険にはできない。

「桜木さんは、またキャバクラに行くようになったんですか？」

空になった桜木のお猪口に冷酒を注ぐ。

「まだ完全には収束していないから、さすがにそういうお店には行けないね。感染すると色んな人に迷惑かけちゃうから」

希の前にグラスのビールが運ばれてきた。

「そうですよね。社長がコロナになっちゃったら、会社全体のイメージにも影響しますからね」

「それにマスクをしながら接客されても、女の子のきれいな顔が見られないから、飲んでても楽しくないと思うんだ」

桜木が笑いながらそう言うと、希も白い歯を見せる。ビールのグラスとお猪口をぶつけるとカチンと鈍い音がした。

「自粛するのに慣れすぎて、最近はその手の接客が伴うお店には行けないな」

キャバクラやナイトクラブは、コロナウイルスのクラスター感染を起こしやすかった。一メートルぐらいの至近距離で数時間も会話していれば、当然濃厚接触者となる。

「じゃあ、今は家庭サービスの毎日ですね」

「いや、テレワークが増えたら、逆に家族に煙たがられてね。こうやって希ちゃんみたいな昔の知り合いと飲めるとほっとするよ」

確かにこうやって希と飲めれば、桜木としては嬉しいはずだ。

キャバクラ時代だったらこの後同伴となるので、この寿司屋の勘定も含めて一〇万円近い出費になる。その一方で希からすると、今日桜木と飲んだところで、キャバクラ時代のようにお金がもらえるわけではない。

「もう希ちゃんはお店に復帰する気はないの？」

桜木が小鰭《こはだ》の握りを注文したので、希は中トロを頼んだ。

「私、もう三四歳なので、ちょうどいいタイミングかなと思ったんです」

「そうかな。希ちゃんは明るくて一緒にいて楽しいから、年齢に関係なくお客さんは付くと思うよ。またやれば？」

水商売だからといって、希は女の武器を使ってきたわけではなかった。

どんな接客業でも、性格がよくて明るい女の子は人気がある。桜木は今まで何度となく希を指名してくれたが、男女の関係になったことは一度もなかった。

「無理ですよ」

「残念だなー。希ちゃんが復帰すれば、毎晩のように通うんだけどな」

桜木と男女の関係になったことはないが、口説かれたことなら数え切れないほどあった。

「それは有難いですけど、一生キャバ嬢をやるわけにもいきませんから、そろそろ潮時ですよ」

希は中トロの握りを頬張った。

「じゃあ、どうするの。結婚でもするの？」

「そのつもりで、今本気で婚活してます」

希は神奈川県の地方公務員の男性とお見合いをして、今後本格的に交際すべきか悩んでいることを正直に話した。

「希ちゃんがお見合いか。しかも地方公務員とだなんて、ちょっと想像できないな」

「私も以前はそう思ってたんですけど、やっぱりコロナ禍みたいなことがあると、安定って大事だなと思いはじめたんです」

誰かと結婚しても、その相手の会社が潰れてしまったらどうしようもない。希の上顧客には航空会社のパイロットもいたが、今ごろどうしているのだろうか。

「じゃあ希ちゃんは、その神奈川県の地方公務員と結婚するつもりなの？」

そう言われると、答えに窮する。

ビールを一口飲んだ希は、穴子と同時にウニを追加した。桜木はイクラの軍艦巻きを頬張っている。

「そこが問題なんですよ。桜木さんは、どうして今の奥さんと結婚したんですか。そもそも結婚したのはいくつの時ですか」

今日は客としての桜木と飲んでいるわけではないので、プライベートのことでも平気で訊けた。実は、桜木の結婚に至るきっかけを聞いて、自分の参考にできたらと思って今日の誘いに乗ったところもあった。

「結婚したのは、俺が三二歳の時だったな」

「どこで知り合ったんですか」

「職場だよ。当時はまだサラリーマンで、かみさんは俺より三歳下だった」

今、桜木は四〇代後半の男盛りだった。最初はインターネット広告の会社に勤めていたが、三八歳の時に一念発起し今のＩＴ関連の会社を設立した。その後時代の流れに上手く乗って、このコロナ禍の中でも順調に売上げを伸ばしているらしい。

「どうして奥さんと結婚しようと思ったんですか」

「できちゃった結婚だったんだよ。まあ、できてもいいとは思ってたけどね」

若い頃の希なら「だらしがない」と眉を顰めるところだが、出産をシビアに考える年齢となった今では、結婚と妊娠が同時にできるなんてまるで「一石二鳥」だとすら思ってしまう。

「まあでも子供ができなかったら、ずるずると独身のままだったろうから、結果的にはよかったと思うよ」

「結婚って、どうやったらできるんですかね」

希は真面目な顔でそう訊ねる。

「でもさー、そんなに必死になって結婚する必要もないんじゃないかな」

「どうしてですか」

「希ちゃんは経済的な理由で結婚したいと思っているんでしょ」

「まあ、お金の問題は大きいですね」

「経済的な理由だけで好きでもない人と結婚しても、幸せにはなれないと思うな。結婚すると、やっぱり女性は家庭に入る風潮が強いから、もう今みたいに自由な生活はできないよ」

桜木の言葉がズシリと響く。

地方公務員の妻となったら、どんな生活が待っているのだろうか。

「こんなお寿司屋さんには、もう二度と来られなくなっちゃうし」

桜木はカウンター内のオヤジに、ウニと中トロをオーダーする。

そんな平凡な生活を、希は耐えることができるのだろうか。キャバ嬢をやっている間は、嫌なことも多かったが刺激もたくさんあって面白かった。

「今まで俺がキャバクラに使っていた分のお金を、全部希ちゃんにお小遣いとしてあげるとしたら、何も焦って公務員の奥さんにならなくてもいいんじゃないのかな」

桜木の目がキラリと光る。

希を指名するために使っていた金だけでも月に数十万円にはなる。キャバクラ通いをやめた今の桜木ならば、当然それぐらいの余裕はあるだろう。

「それって、私に愛人になれっていうことですか」

「違うよ。愛人じゃなくてパパ活だよ」

第三章

六一日目

「沙織さん、週末のお見合いはどうでしたか」

「またしても最悪でしたね。許す練習だと思っているから耐えられましたけど」

言葉とは裏腹に、沙織は目を細めて楽しそうに笑う。彼女はまだ新しい相手とのお見合いを続けていた。

「どんな方でしたか」

「とにかくネガティブというか、自信のない人でしたね。出身大学も悪くないし、身だしなみもきちんとしているんですけど、声がとても小さくてよく聞こえないんですよ」

収入などの条件がよくても、コミュニケーション能力の低い人は、男女を問わず婚活には苦労する。その辺は就職活動と同じだった。

「ひょっとするとその男性は、婚活に疲れ果てて、婚活うつになってしまっているのかもしれませんね」

あまりにも婚活が上手く行かないと、うつ状態になってしまう人がいる。

「婚活と就活って似ているんですよ。どちらも自分を市場に出して、誰かに買ってもらわなければならないわけじゃないですか。上手く売れればいいですが、売れ残ってしまうと、それが他ならぬ自分自身のことだからショックは計り知れません」

「それはよくわかります。私も最初断られてばかりいた頃は、心が折れそうになりました。もう婚活なんか諦めようかと思いましたから」

沙織は遠い目をして言った。

「就活は卒業までに結果が出ますからまだ諦めもつきますが、婚活には期限がありませんからね。女性の場合は、出産可能年齢までが締め切りという考え方もできますが、それも年々上昇していますから、本当のデッドエンドはわかりませんし」

「そう思うと、婚活って苦しいですね」

「だから婚活も就活と同じで、視野を広げることが大事なんです。入った時は無名の会社でも後で急成長するところもあるでしょうし、給料が高くてもブラック企業じゃしょうがないですからね」

就活も婚活も、本当の正解は後々になってみないとわからない。

「私もそろそろ、練馬の方と本交際した方がいいんですかね」

お見合いを続けながらも、沙織は練馬在住のサラリーマンとの仮交際をキープしていた。

「そうかもしれません。闇雲にお見合いを繰り返すと、選択肢は増えますが却って迷ってしまいます。よさそうだと思える人がいたらまずはその人に集中して、それでダメならば次の人を探すという方が結婚には近づけます。その後、彼とはデートしたのですか」

沙織がその彼とお見合いをしてから、もうすぐ四週間が経とうとしていた。

「先週金曜日に食事しました。その後、週末にお見合いした人の方が条件はいいですが、あんなネガティブな人と一緒にいたら気が滅入ります。やっぱり結婚は、性格とか人柄とか、その人自身を受け入れられるかどうかで選んだ方がいいですよね」

そういう考えに至ったのならば、このまま本交際に移行してもいいのではないか。もっともそれを決めるのは、沙織本人ではあるが。

「ところで岸本さんは、いつ結婚するんですか」

一瞬、何を言っているのかわからなかったが、以前ここで宇都宮が怒鳴り込んできた時に、沙織も同席していたことを思い出した。

「そ、そうですね。早ければ年内にも」

「希さんって、私と同い年なんですよね」

二人とも三四歳で、同じ年齢だったことを思い出す。

「岸本さんは、希さんのどういうところが気に入ったんですか。まあ、あれだけきれいなんですから、岸本さんが好きになるのもわかりますが」

沙織の黒い瞳が岸本を見つめる。

『間違いなく、沙織さんは岸本さんに好意を持っています。そして私の一言で、岸本さんは沙織さんのことが気になりはじめます』

あの時の希のセリフが蘇《よみがえ》る。

「すいません。私が葉山と結婚するというのは、あの場を収めるための嘘だったんです」

「え、そうなんですか」

沙織が大きく目を見開く。

「あの時この部屋に飛び込んできた宇都宮さんが、葉山のことを気に入ってしまって、それを断るために彼女が咄嗟にそう言ってしまったのです。ご迷惑をおかけして申し訳ありませんでした」

岸本は膝《ひざ》に手をつき頭を下げる。

「じゃあ、岸本さんは結婚のご予定はないんですか」

「恥ずかしながら、ありません」

「そうだったんですか。岸本さんが独身ならば、……私」

「沙織さん」

岸本は大きな声で沙織の言葉を遮った。

「こんな話は本当はしたくなかったのですが、今年で四四歳になる私が、この年まで結婚をしなかったのにには、実はそれなりの理由があります。沙織さんは、私が結婚をしない理由を訊きたいですか」

沙織が少なからず自分に興味を持っていることはわかってはいた。それが恋愛という感情に変わる前に、きちんと言っておかなければならないことがあった。

「是非、お聞きしたいです」

「それならば恥ずかしながらお話ししましょう。こんな私の話でも、何かのご参考になるかもしれませんから。私には今年で七六歳になる母がいるのですが――」

六二日目

「今日は僕の本当の姿を知ってもらいたいと思って、お時間をいただきました」

伸之は母親からの強い勧めで、お見合い相手の諏《す》訪《わ》内《ない》薫《かおる》とランチをしていた。場所は母親が予約した丸《まる》の内《うち》の一流ホテル内の日本料理店だった。

「こちらこそお忙しいところをありがとうございます」

薫は軽く頭を下げる。

えんじのニットのトップスに黒のロングスカート。伸之は改めてその容姿を見るが、やはりタイプではない。顔は愛嬌がないわけではないのだが、メイクが下手なのか全体的に野暮ったい。太い黒フレームの眼鏡はギャグ漫画の登場人物のようだし、くるくるに巻いた黒髪にも、古臭さを感じてしまう。さらに、そのぽっちゃり体型が気に入らない。個室だからいいようなものの、誰か知人と会ったら恥ずかしいと思った。

「なかなか素敵なお店ですね」

「実はここは母が予約してくれたんで、僕は来るのは初めてなんですよ」

伸之はこのお見合い相手が気に入っていなかったが、それをどう説明しても母親は納得してくれない。ならば相手に断ってもらおうと思った。だから今日はマザコンであることも含め、本当の自分のことを洗いざらい話そうと思っていた。

「へー、お母様のお見立てだったのですか」

「そうなんです。僕はあまり外食とかはしないので……」

平皿に小鉢や串ものが盛られた先付けが運ばれてくる。

「あら、かぼすの中にイクラが入ってますよ」

緑のかぼすがくりぬかれ、真っ赤なイクラが入っていた。

「面白いですねー。あ、銀杏《ぎんなん》だ。私、銀杏大好きなんですよ」

小鉢には軽くあぶった銀杏が入れられていた。

「そうなんですか。実は僕も銀杏が大好きなんですよ」

「伸之さんは、お酒は飲まないんですか」

「飲まなくはないんですが、ランチなんでやめとこうかと思って」

「今日はお車じゃないですよね」

「今日は電車で来ました」

「じゃあ、いいじゃないですか。ちょっとだけ飲んじゃいましょうよ」

薫は伸之の了解も取らずに給仕を呼ぶボタンを押した。

「瓶ビールとコップを二つ」

部屋に来た給仕に、勝手にビールを頼んでしまった。

「ところで音楽鑑賞が趣味ってうかがいましたけど、どんな音楽を聴くんですか」

伸之には人に言えるような趣味はない。薫が音大の出身だから、何となく話を合わせただけだった。

「クラシックは聴きませんよ」

「別にそんなことは気にしませんよ。私だって、海外のポップスから日本のアイドルまでなんでも聴きますから」

ちょっと意外な感じがした。音大でピアノを専攻していたので、てっきりクラシック専門なのかと思い込んでいた。

「伸之さんは、どんなアーティストがお好きなんですか」

「僕はももいろクローバーZが好きなんです。しおりん推しなんで、全身真っ黄色のコーディネートで、ライブ会場に行ったりもするんですよ」

軽蔑されるだろうなと思った。しかしそれで先方から断ってもらえれば、まさに作戦通りだ。伸之は薫の様子を窺った。

「ももクロのコンサートにも行くんですか？」

「そうです。ライブの当日だけでなく、その前日にも会場に行きます」

「どうしてですか？」

薫が小首を傾げて訊ねる。

「前日に行かないと、いいグッズが売り切れちゃうからです。人気の限定グッズは前日に必ず売り切れますから、仕事を休んで前の日に行くんですよ。そうするとついつい他のグッズも買いたくなって、その出費がバカになりません。いい年をして変ですよね」

お見合い相手には本当の自分を知ってもらう必要があった。万が一この目の前の女と結婚しても、伸之にはアイドルの追っかけをやめる気は一切ない。

「へー、伸之さんはモノノフだったんですか」

「バッハとかモーツァルトの話じゃなくて、すいませんね」

「私は全然気にしませんよ」

薫は給仕が運んできたビール瓶を受け取ると、伸之のコップにビールを注いだ。

「私も飲んでいいですか」

「もちろんです」

手酌をする勢いの薫から、伸之は慌ててビール瓶を奪い、彼女のコップに黄金色の液体を注ぐ。

「それじゃあ、乾杯」

薫の言葉に合わせてグラスを合わせる。

「コロナウイルスで握手会がダメになっちゃったから、アイドルは大変ですよね。ソーシャルディスタンスを守るために群舞ができなくなったりすると、どうやってパフォーマンスすればいいんでしょう」

アイドルに限らず、大規模コンサートはなかなか元通りにはならなかった。

「意外とアイドルのことにお詳しいんですね」

仲之はまじまじと薫を見る。今までアイドルファンであることを女性に告白したことはなかったので、こんなにあっさり受け入れられるとは思ってもいなかった。

「実は私も、アイドルが大好きなんです。もっとも私の場合は、男性の韓流アイドルですけどね。最近ではクラシックなんかよりも、アイドルとかポップスとかをよく聴きます。クラシックは小さな頃から母親に練習させられていて好き嫌いにかかわらずやらなければならないものだったんです。本当はクラシック以外の音楽の方が好きなのかもしれません」

薫が美味しそうにビールを飲み干したので、仲之はすかさずビール瓶を傾ける。

「こんなことを言うと馬鹿にされるかもしれませんが、最近のアイドルの女の子はみんないい子たちなんですよ。だからなんとか支えてあげたいと思ってしまうんです。自分の子供を応援するような感覚なんですよ。まあ、子供を持ったことはありませんけどね」

「仲之さんは、いいお父さんになるかもしれませんね」

その時給仕がやってきて、鮎《あゆ》の塩焼きがテーブルに置かれた。仲之はそれを見た途端、ちょっと顔を顰《しか》める。

「鮎って美味しいんですけど、小骨が多くてきれいに食べられないんですよね」

小骨の多い焼き魚が、仲之は昔から苦手だった。

「じゃあ、私が取ってあげましょうか。実は私、鮎のきれいな食べ方を知っているんです」

「そんなことができるんですか」

　薫がにっこりと微笑んだ。

「よく見ていてください。まずは鮎の背骨から身を剝がします」

　薫は塩焼き鮎のえらの上辺りを、皮の上から箸で上下左右に強く押す。

「あまり強くやり過ぎると背骨が折れちゃうんで、そこにちょっとしたコツがいります。それが終わったら、今度は尻尾と尾びれ、そして背びれを外します」

　薫は丁寧に箸で鮎を解体していく。

「さあ、これからがいよいよクライマックスです」

　箸で鮎の身を押さえる一方で、左手で鮎の頭を摑みちょっとねじりながら引っ張っていく。すると頭にくっついた背骨が徐々に身から引き出されていく。

「凄い」

　伸之は手品を見ているような気分だった。

「途中で背骨が切れないように、ゆっくり慎重に引っ張ります。もし切れてしまっても、途中からやりなおせばいいだけだから心配はありません」

　そして遂に、鮎の背骨が全部引き抜かれた。

「さあ、これで身だけになりましたから、丸ごとがぶっと食べられます。どうぞ存分にお召し上がりください」

　薫は背骨を引き抜いた自分の鮎の皿を、伸之の皿と交換する。

「いやー、凄いですね。そんな方法があったんですか。昔っからママに、魚の食べ方が汚いってよく注意されていたんですよ」

仲之は慌てて口を押さえたが、一度出てしまった言葉は取り消せない。

薫の表情が固まっている。

「仲之さんって、マザコンだって言われませんか？」

この質問にどう答えるべきか、仲之は必死に考える。

否定すべきところだろうが、どうせいつかはばれることだ。そもそもこのランチで、薫から交際を断ってもらいたいと思っていたのだ。

「そう言われることは多いです。僕の気が弱いのか、母親が強すぎるのかわかりませんが、母親の言うことには逆らえません。実は今日のこの食事も、母親から強く言われて断れずに来ただけなんです」

薫は何も言わずに自分の鮎から、上手に骨を引き抜いた。

「やっぱりマザコンって嫌ですよね」

仲之は、薫の瞳の奥を覗き込む。

「マザコンの男性が、女性を大事にしてくれるところは好きですよ。だから女性にとっての問題は、もしもお母様と奥さんの意見が対立した時に、どっちの味方についてくれるかじゃないですかね」

六四日目

「その後、颯太さんとは会っているんですか」

久しぶりに事務所に顔を出した美由紀は、ピンクのTシャツの上に白いニットのカーディガンを羽織っていた。コーヒーメーカーで淹れたエスプレッソを美由紀の前に置いてから、希は対面の椅子に腰掛ける。

「あれから三回会いました」

前に事務所に来たのは三週間ほど前だったので、週に一回は会っていることになる。

「どんなところに行ったんですか」

「遊園地とか映画館とか、まあごく普通のところですね。その後に食事をしました」

「交際は順調みたいですね」

希はにっこり微笑んだ。

「この間、帰りがけにキスをされました」

美由紀は顔を赤くする。

最初は颯太がヤリ目男なのではないかと希は心配したが、四回目のデートでキスならばむしろ奥手の方かもしれない。

「希さん、どうしましょう。私たちそろそろ、一線を越えてしまうかもしれません」

「越えればいいじゃないですか。二人が好き同士ならば、問題ないじゃないですか」

「だって私、まだ処女のままなんですよ」

「颯太さんにその話はしたんですか」

「そんなの言えるわけないじゃないですか。私、どうしたらいいですかね」

美由紀は真剣そのものの表情でそう訊ねる。

「でも二七歳ですよ。二七歳まで処女だったなんて、もう天然記念物です。ああ、私、どうすればいいんでしょうか」

「大丈夫ですよ。それに必ずしも出血するとは限りませんから」

「そうなんですか」

美由紀が目を丸くする。

「運動とかタンポンの使用とかで、既に破れてしまっていることもありますし、実際に私は出血しませんでしたから」

ふと高校生の頃の記憶が希の脳裏に蘇る。

今ではいい思い出だが、あの時は色々大変だった。

「本当ですか」

「その時彼は、凄くショックを受けていましたけどね」

希は白い歯を見せて笑うが、美由紀の顔に笑みはない。

「あのー、やっぱり痛いんですか？」

「え、何がですか」

「初めてあれが入ってくる時の話ですよ。股が裂けるように痛いって、聞いたこともありますが」

懐かしい会話だと思った。希も中学生の頃にはそんな話をよくしたものだった。美由紀はその手の話題に関しては、まだ中学から卒業できていないことになる。

「それは個人差があると思いますよ。私はそこまで痛かった記憶はないですけど、凄く痛かったという人の話も聞きます。でも好きな人としていれば、そのうち気持ちよくなりますから」

「本当ですか」

美由紀は目を丸くする。

「そうですよ」

「それってどれぐらい気持ちいいんですか」

「すっごく気持ちいいですよ」

美由紀があまりに可愛らしいので、ついからかいたくなってしまう。

「えええええっ、やっぱり失神とかしちゃうぐらいにいいんですか」

美由紀は興奮のあまり立ち上がり、机の上のコーヒーカップをひっくり返してしまった。

「それは自分で確かめてみてください」

慌ててティッシュでコーヒーを拭き取りながら希は言った。

「だから美由紀さんも、颯太さんに正直に話して、早く気持ちよくさせてもらえばいいと思いますよ」

　こんなアドバイスをしているものの、希は商社マンの恋人と別れてからは、誰ともセックスしていなかった。

「交際は順調そうですけど、結婚となるとどうなんでしょう。颯太さんは、今おいくつでしたっけ？」

「二九歳です」

「最近の都会の男性としては、今すぐに結婚っていう年齢でもありませんね」

　美由紀はニート状態で、親から定職につくか結婚するかどちらかにしろと言われて、この結婚相談所の扉を叩いたはずだった。

「まだ若いんだから、美由紀さんも働いてみたらどうですか」

　美由紀の経済事情が気になっていた。初めて会った時のように腐女子のままならば難しかっただろうが、今は見た目も普通になったので、派遣とかならば働けるのではないだろうか。

「それなら大丈夫です。私、新しいビジネスを手伝うことになりましたから。もうすぐお金も入ってくるはずです」

　美由紀は屈託のない笑顔を見せる。

「ビジネスですか？」

「街コンで知り合った佳代子さんっていう人から、面白い仕事があるから手伝わないかと誘われたんです。それが凄いビジネススキームで、私みたいな素人でも頑張れば結構儲けることができるんです」

街コンで知り合ったと聞かされて、希は急に不安になる。

結婚相談所とは違い、参加者の審査が緩い街コンでは、様々なトラブルに巻き込まれる危険性があった。

「キノコに含まれる成分を使った健康食品を売る仕事なんです。それを飲むと物凄く免疫力がアップして、実はここだけの話ですが、コロナウイルスに感染しても発症しなくなるんです。だから売ってくれっていう人が殺到しちゃって、今は数を絞って個人的に紹介された人にしか販売していないんですよ」

新型コロナウイルスを気にする人はまだまだ多い。

「それって本当に大丈夫なんですか」

「もちろんですよ。実際に発症しなかったっていう人の証言が、いっぱい寄せられていますから」

「でもコロナウイルスは、感染しても発症しない人の方が圧倒的に多いですよね」

「そうなんですか。でも本当に売れていますよ。しかもいちいち自分で売らなくても、一度買ってくれた人がリピーターになると、その売上げの一部が私にキックバックされる仕組みなんです。そしてその人が別の人に売ると、その分のキックバックももらえるんで、雪だるま式にどんどん収入が増えていくんですよ」

「それってマルチ商法ですよね」

街コンや審査の緩いお見合いパーティーに参加して、マルチ商法や宗教の勧誘をする輩《やから》もいた。

「私もそんな気はしたんですが、佳代子さんが言うにはマルチ商法自体は違法じゃないんだそうです。だからコロナが完全に収束するまでは、このビジネスが上手く行くのは間違いありません。だって実際に売れているんですから。どうですか、希さんも試してみませんか」

六五日目

「鈴木《すずき》さんは、このレストランにはよくいらっしゃるんですか」

オマール海老のタルタル黒トリュフ添えを頬張りながら、希はそう訊ねる。

ここを予約したのは、今、目の前に座っている神奈川県の地方公務員の鈴木修二《しゅうじ》だった。

今日が三回目のデートで、横浜で映画を見た後に元町《もとまち》のこのレストランにやって来た。

「時々ですね。ここの料理は美味しいですから」

休日にもかかわらず鈴木はスーツ姿だった。希はダメージデニムに、黒い革ジャンを着てきたので、ちょっと不思議な組み合わせのカップルになってしまった。

レストランの入り口には、大きなフランスの国旗とメニューが書かれた黒板が置かれていた。そんなに高くはないが安くもない。東京ならば、どこにでもあるようなフレンチレストランだと希は思った。

「そうですね」

希は料理を嚙みしめる。期待のし過ぎなのか、思ったほど美味しくはなかった。

「鈴木さんは、お休みの日はどんなことをしてるんですか」

鈴木は酒が飲めなかった。希はワインを頼みたいところだったが、遠慮してガス入りのミネラルウォーターにしていた。

「本を読んだり映画を見たり、それ以外はスポーツクラブに行ったりしますね」

鈴木はそう言いながら、パンに丁寧にバターを塗る。

「スポーツクラブでは何をやってるんですか」

「ランニングマシーンとエアロバイクですね。全部で一時間ぐらいはやってます」

希はヨガをやっていたが、コロナ禍の影響もあり最近はサボり気味だった。

「じゃあ、結構筋肉がついてるんじゃないですか。腹筋が割れていたりして」

「まさか、そんなマッチョじゃありませんよ。でもやっぱり健康には気を遣いますね。お腹《なか》が出てくるのは嫌ですから」

確かに体形はすらりとしていて、顔もまあまあだった。三回デートした鈴木に対する印象は、よく言えば実直、悪く言えば平凡というものだった。

しかし、それは最初からわかっていたことだった。

今まで派手な遊び人タイプとばかり付き合ってきたので、最後は相手の浮気が発覚して別れることが多かった。だから結婚相手は、実直で真面目なタイプにしようと思っていた。

「お仕事の方は順調ですか」

「そうですね。来月地域振興のイベントがあるんで、その打合せとかで忙しいといえば忙しいです。しかし、残業しなければならないってほどじゃありません」

「何のイベントですか」

「県の商工会議所主催の物産展ですよ」

エンタメ系のイベントかと思ったが、そんな仕事ではないそうだ。

「お仕事は面白いですか」

「まあ公務員ですからね。正直言って面白いってことはありません。でもまあ自分がやったことが、誰かのためになっているのだとすれば、それはそれで喜びはあります。そんなことを言ってくれる人は、誰もいませんけどね」

今日で三回目のデートだが、今ひとつ会話が盛り上がらない。鈴木がそういう性格なのか、それともそもそも盛り上がるような話題がないのだろうか。

子育ては待つ練習、人生は笑う練習。そして結婚は許す練習。

岸本からそんな言葉を聞かされていた。この目の前の男の平凡さを許せさえすれば、希も結婚できるのかもしれない。

「鈴木さんのご両親はご健康なんですか」

思わずそんな質問が口をついた。

岸本の母親の認知症の話を聞いた時はショックだった。

希には介護しなければならないような親はいなかったが、まさか岸本がそんな理由で結婚を諦めていたとは思わなかった。

ふと、この目の前の男と岸本ならば、どっちと結婚したほうがいいかと考える。別に介護の問題は、岸本だけに降りかかるわけではない。

「父親は糖尿病を患っていますが、薬を飲む程度で日常生活には問題ありません。母親は驚くほど元気ですね」

鈴木の父親は七〇歳、母親は六五歳だった。今は元気だとしても、もしも鈴木と結婚したら、やがてはその二人の介護を希がしなければならないのだろう。

「妹さんはご結婚されているんですよね」

「男女二人のお母さんです。実家の近くに住んでますので、何かと理由をつけて家に来たりもしますよ」

鈴木は横浜の実家に両親とともに住んでいた。実家はなかなかの広さなので、二世帯住宅にすることもできるらしい。

「もっとも子供ができるまでは、賃貸でどこかに住むと思いますけど」

結婚後の具体的な話になると、希は妙な気分になる。目の前の男と一緒の部屋に寝起きして、生活をともにするという実感が全く湧《わ》かなかった。

「希さんのご両親は亡くなられているんですよね」

「母は五年前に他界しました。父は私が高校生の頃に母と離婚しましたので、それ以来一度も会っていません」

葉山というのは母方の苗字だった。希は高校の途中までは、父方の苗字を名乗っていた。

「離婚されていたとは知りませんでした。希さんには色々なご事情がおありなんですね。私は気にしませんが、口うるさい親せきもいますので、その辺の事情は黙っておきますね」

その時、ウェイトレスが大きな皿を持って現れた。

「ブルターニュ産の子牛のソテーに、越冬ジャガイモのダルファン風添えでございます」

ナイフを入れるとレア肉のピンク色が現れ食欲をそそる。フォンドボーをベースにした茶色いソースをからめてから、希はその肉片を頬張った。

しかし上品すぎるのか、ちょっと味にパンチがない。

「美味しいですね」

鈴木が声を上げる。

本当に美味しいと思っているのだろうか。それともこの場を盛り上げようと思って、大袈裟に言っているだけなのか。

「そうですね」

もう一切れ食べてみるが、やっぱり少し物足りない。まずいわけではないのだが、心から美味しいと言える味ではない。

「いやー、本当に美味しい」

鈴木は目を細めながら肉片を嚙み締めている。

ひょっとして、鈴木は本当に美味しいステーキを食べたことがないのではないか。それとも希が美味しいものを食べ過ぎてしまったのだろうか。キャバ嬢時代に、客との同伴で幾度となく高級フレンチに行った記憶が蘇る。

「鈴木さんは、仕事終わりは真っ直ぐ家に帰ってくるんですか」

「そうですね。職場と自宅がドア・トゥ・ドアで一五分ですから、残業がなければ午後の七時には家にいます」

「結婚したら、奥さんには専業主婦になって欲しいと思いますか?」

「別に専業主婦になって欲しいとは思いませんが、僕が帰って来た時には家にいて欲しいと思ってはいます。なるべく早く子供は欲しいですからね」

「まあ、そうかもしれませんね」

希は小さくため息を吐く。

「ところで僕は、そろそろ希さんと本交際をしたいと思っています。今度会った時に、そのお返事を聞かせてもらえますか」

六八日目

「母さん、頼むからリハビリパンツを穿《は》いてくれよ」

「リハビリパンツって、ようはオムツじゃないの。そんなの絶対に嫌。そんなものを穿くぐらいだったら、死んだほうがまし」

母親が排泄《はいせつ》のコントロールができなくなったのは、一〇日ほど前のことだった。岸本が自宅に帰ると、濡《ぬ》れたままの母親の下着が洗濯機の中に放り込まれていた。認知症の母親は、自分がどこで漏らしたのか覚えていない。だから帰宅した岸本は、まずは家中を探し回って漏らした尿を拭き取らなければならなかった。

濡れた床を掃除する日々が続き、疲れ果てた岸本は遂に介護用の紙パンツを買ってきた。しかし想像していた通り、母親は穿くことに激しく抵抗した。

「昔と違って最近の紙パンツはよくできていて、ごわごわしたりしないから気持ち悪くないんだよ」

試しに岸本が穿いてみたが、驚くほど不快感はなかった。

「もう二度と漏らさないから大丈夫」

「昨日もそう言ってたけどダメだったじゃないか」

介護認定には、「要支援」と「要介護」の二種類がある。大まかに言うと、何とか日常生活の動作が自分でできるうちは「要支援」の段階だが、排泄や入浴を人の助けを借りないとできなくなると「要介護」となる。「要介護」には1から5までの段階があり、症状が重くなると段階が上がり、受けられる公的サービスが増える仕組みになっている。今、岸本の母親は、「要介護1」から「要介護2」の間だった。

「そんなこと言ってない」

「言ったじゃないか」

「言ってない」

自分の非を誤魔化すために言っているのか、それとも本当に言ったことを忘れてしまったのか。

一昨日もオレオレ詐欺に、預金通帳を盗まれたと大騒ぎした。しかし通帳は押し入れのいつもの場所にきちんとあったので、通帳の置き場所を忘れてしまったのだろう。それほど、症状は進行しつつあった。

「母さん、なんでリハビリパンツを穿いてくれないの」

「だって恥ずかしいじゃない。赤ちゃんじゃないんだから」

家庭内介護の難しいところは、介護される側のプライドだった。やはり実の息子《むすこ》に言われると腹が立つようだ。しかしヘルパーのようにちょっと距離のある人間から勧めてもらうと、素直に従ってくれたりもする。今日のところはしょうがない。今度ヘルパーが来た時に相談してみようと岸本は思った。

しかし尿がコントロールできないということは、いつかは便も同様になるということだ。今、母親は濡れた下着を洗濯機の中に入れてくれるが、排便に失敗した場合、恥ずかしさから部屋のどこかに便がついたままの下着を隠してしまう人もいるらしい。

さらに高齢認知症者は、「弄便《ろうべん》」という行為をすることがある。自分の便を布団や家具などになすりつけてしまう行為で、もしも母親がそうなったらと思うと、岸本は絶望的な気分になる。リハビリパンツを穿く穿かないで揉《も》めているのは、まだ可愛い方なのだろう。

「達也。お腹が空いたからなんか作って」

「え、ご飯はもう済ませたんじゃなかったの」

リビングのテーブルの上には、食べ終わった食器が置かれている。

「そうだったかね。でも本当にお腹が空いちゃったんだよ」

腹が空くことも認知症患者の特徴だった。

定番コントに、「ごはんまだ？」「おじいちゃん、さっき食べたでしょ」というのがあったが、それは現実に起こる話で、認知症で満腹中枢がおかしくなってしまうのだ。

「ちょっとでいいから、なんか作ってちょうだい」

「しょうがないな。ちょっとだけだよ」

スーパーで買ってきた自分の晩飯の食材を持ってキッチンに向かう。

老人向けの宅配サービスもあったが、味が薄過ぎると、母親は二度目から箸をつけようとしなかった。寿司や高い仕出し弁当ならば喜んで食べてくれるが、そんなものを毎日食べさせられるほどの余裕はない。

会社の資金がなくなるのと並行して、岸本個人の貯金も目減りしていた。

コロナ拡大後の不安心理からかスマイル結婚相談所の会員は最近増加傾向にあったが、母の介護に時間を取られて、相談に乗る時間が足りなかった。

このままでは、青山の事務所を畳まなければならないかもしれない。

仕事と母の介護の両立は難しい。

結婚相談所は個人経営も多く、事務所を構えないでやっているところも珍しくはない。昔ながらの仲人をビジネスとしてやっているわけで、規模が小さい分収入は少ないが経費は大きく抑えられる。それならば介護との両立も不可能ではないかもしれない。

しかしそうなると、希は解雇しなければならない。

「そういえば、お前の結婚相手はいつ挨拶に来るんだい」

「だから来週の日曜日だよ」

「日曜日？　ああそうだったね」

相変わらず、母の時間感覚は狂ったままだった。

「それで相手はどんな人だっけ」

先日、沙織に母親の認知症の話をした。オブラートに包んで話したつもりだったが、かなりのショックを受けていたようだ。親の介護は、結婚前の女性には重過ぎるテーマだ。

「うちの会社の女子社員だよ」

もはや、方便とはいえ沙織の話をするのは憚られた。

「年はいくつなの？」

「三四歳だよ。なかなかの美人で頭もいいから、きっと気に入るよ。今度の日曜日には母さんもちゃんとお洒落をしてね」

「わかっているよ。お前に恥をかかせるわけにはいかないからね」

本人の口から恥という言葉が出たことが気になった。

「母さん、お嫁さんになる人が挨拶に来た時に、おしっこを漏らしたら大変だよね。もしもそうなったら、彼女は怒って帰ってしまうかもしれないよ。そうしたら、きっと結婚も破談になってしまうだろうな」

母親が急に不安そうな顔をする。

「ねえ母さん、やっぱりリハビリパンツを穿いてくれないかな」

七〇日目

「その後、真由美さんとは会われたのですか」

久しぶりに宇都宮が事務所に現れた。希はコーヒーをテーブルに置くと、早速そのことを訊ねる。

「一度だけお茶をしました」

結婚を経済学的に考える家事手伝い中の岩本真由美とは、まだ仮交際の状態だった。

「積極的にデートしたりはしないんですか」

「その必要はないと言われました。まだ他の男性とのお見合いを繰り返している段階だから、僕よりもいい男性が現れればそれまでだそうです。しかしあと二週間ほどで結論を出すとも言われましたので、その時には本交際になるかもしれません」

　その辺の事情はきちんと報告してきているようなので、まんざら可能性がないわけでもなさそうだ。

「その間に、宇都宮さんは新しい女性とお見合いをしなくてもいいんですか」

「僕はいいです。きっと上手く行かないでしょうから」

　宇都宮は湯気が出ているコーヒーを一口啜る。

「どうしてそう思うのですか。宇都宮さんは東大大学院卒だし、収入もいいんですから、お見合い希望者はいっぱいいますよ」

　宇都宮は首を左右に振る。

「僕の学歴とか収入が目当ての人とは、きっと上手く行かないと思います。今までもそうでしたから」

　宇都宮もかつて何人かの女性と付き合ったことはあったが、いずれも長続きはしなかったそうだ。回りくどい女性の心理が宇都宮にはわからないし、そこまでして女性と付き合いたいとも思わないと明快に言った。

「僕みたいなタイプは、あるがままの僕を受け入れられる人としか、上手く行かないんです。真由美さんは、きっと、僕と似たようなタイプの人間なんだと思います」

「変わり者同士、気が合うってことですか」

ちょっと失礼な言い方だとは思ったが、それぐらいで傷つくような宇都宮ではない。

「そうなのかもしれません。希さんは僕という人間を、意外と理解していますよね」

さすがに希も、だんだん宇都宮の思考パターンがわかるようになってきた。

「どうしてそう思うんですか」

「はっきりものを言うからですよ。僕は遠回しに言われると、その言葉通りに受け取ってしまうので、本当の意味がわからなくなります。だけど希さんは、よくも悪くもはっきりしていますからとても話しやすい」

それは夜の仕事で身についたことでもあった。

粘り強く客の愚痴を聞いてあげるキャバ嬢もいたが、希は敢えて大胆に踏み込んで相手の懐《ふところ》に入っていくのが得意だった。別に努力してそうしているのではなく、昔から場の空気を読むのは得意だったので、話しているうちに自然と距離が縮まってしまうのだ。

「ここに初めて来た頃は顔とか若さに目が行きがちだったんですが、最近、僕は女性に求めるものが大分変わってきたような気がします」

「宇都宮さんは、結婚相手にどんなことを求めるようになったのですか」

「居心地のよさですかね」

希は宇都宮の顔をじっと見る。

人に合わせることができない宇都宮だからこそ、そんな結論に至ったのだろうか。

「無理に相手に合わせていても、一生の問題だからいつかは上手く行かなくなると思うんです。肩書や学歴と結婚するわけじゃありませんから、そんなものには意味はないんです。空気のような存在で一緒にいて居心地がいいことが、きっと一番大切なんだと思います」

その言葉にはっとする。

希は一体誰といたら、居心地がいいのだろうか。誰と一緒にいる時が、ありのままの自分でいられるのだろうか。

「宇都宮さんって、何か正直な人なんですね」

「正直というか、嘘がつけないんです。思ったことはすべて口にしてしまいますから。秘密があるなら、最初から曝《さら》け出してしまった方が楽です。アスペルガーだってマザコンだって、付き合った後にそれが発覚するから揉めるんです。最初からそれをわかってもらえていれば、後で揉めることはありませんから」

「宇都宮さんは、自分がアスペルガー症候群だっていう自覚があるんですか」

アスペルガー症候群は、人の気持ちが理解しづらく、人とのコミュニケーションが苦手な発達障害の一つだった。しかし知的レベルは正常で、興味を持ったことには没頭する性質なので、歴史上の偉人や天才が実はアスペルガーだったと言われることも多い。

希は随分前から、宇都宮がアスペルガー症候群なのではと疑っていた。

「大学生の時にその症状を知った時、まさに自分のことだと思いました。それがわかった時に、やっと心が軽くなりました。そしてこんな僕でも、あるがままを受け入れてくれる人が何人かはいるんです」

希は宇都宮の言葉を受けて考える。地方公務員の鈴木に、自分がキャバクラで働いていたことは言っていない。ばれることはないだろうし、今後も希がそれを言うことはないだろう。

「宇都宮さんは、過去に水商売で働いていた女性でも結婚できますか」

「別にその人を好きになれば、どんな職業をしていたかは問題ではないでしょう。結婚って、過去よりも未来のことを一緒に考えるものですから。僕らはまだまだ若いですから、してしまったことよりも、これからすることの方が圧倒的に多いですしね」

宇都宮の澄んだ黒い瞳を真っ直ぐに見る。

「相手が風俗をしていたらどうですか」

宇都宮は小首を傾げて考える。

「さすがにそれはちょっと考えますが、それでもその人を好きになってしまえば結婚するでしょうね。実際にそういう男性だっているわけですし」

この男の長所の一つは、絶対に嘘をつかないところだった。ひょっとしたら、希の結婚相手には、宇都宮みたいな男の方がいいのかもしれない。

七一日目

「練馬の方と、結婚を前提に交際することになりました」

　事務所を訪れた沙織は、開口一番そう報告した。吹っ切れたようなその表情が、沙織の今の心境を物語っている。

「それはよかったですね」

　内心の動揺を悟られないように、岸本はにっこり微笑んだ。

「本交際を決心した理由は何だったんですか」

「何度かお会いするうちに、なぜか懐かしい感じがしてきたんです。変な人ばかりとお見合いしたせいか、普通に話せて普通に共感できるという当たり前のことが、大事だってわかったんです」

　やや茶色のゆるふわパーマの髪を掻きあげる。白いお嬢様風のワンピースが、とてもよく似合っていた。

「やっぱり岸本さんに、結婚は許す練習と言われたのがよかったと思います。あれで結婚に対する姿勢が大分変わりました。私は相手を許すことで、やっと自分も許すことができたんだと思います」

　沙織は柔らかな顔で微笑んだ。

「ここまで結婚しなかったんだから、人が羨むような結婚をしなければならない。私はずっと、そんな考えに取《と》り憑《つ》かれていたんです」

憑き物が落ちたとはこのことを言うのだろう。見ている岸本も、なぜか清々《すがすが》しい気持ちがした。

「ところで岸本さんのお母様の具合は、その後いかがですか」

上目遣いに沙織が訊ねる。

「まあ、ぼちぼちです。でもそのことはもう忘れてください。沙織さんは沙織さんの未来のことだけを考えてください」

「しかし親って、なかなか難しい存在ですよね」

沙織はボソリと呟いた。

「どうかしましたか」

「親に、練馬の方と本格的に交際することを報告したんです。そうしたら案の定、母親に反対されてしまいました」

「何が問題なんですか」

「やっぱり彼の学歴です。そんな聞いたこともない大学の出身じゃ、世間や親せきに顔向けができない。会社の同僚にも、どう説明するんだって言うんですよ」

最初にプロフィールを見せた時から、沙織は大学のことを気にしていた。しかしそれは本人よりも、親が気にするからだったのだろうか。

「でも練馬でアパート経営をしているようなお金持ちだし、他にいいところもありますから、その辺をちゃんと説明すればいいんじゃないですか」

「我が家は典型的なサラリーマン家庭だから、相手もきちんとした一流企業のサラリーマンがよかったって言うんです」

沙織は眉間に皺を寄せる。

「お父様はなんて言っているんですか」

「我が家は母の意見が絶対なんです。父は母の意見に賛成するばかりで、文句を言ったところを見たことがありません」

岸本は腕を組んで考える。

沙織の成婚までいよいよあと一歩だと思ったが、最後にもう一試練あるのだろうか。

「でもこればっかりはご縁ですから、沙織さんがいいと思う人に決めればいいじゃないですか。じっくりお母さんを説得していきましょう」

そう励ましたが、沙織は浮かない顔をする。

「実は私が今まで結婚できなかった原因は母だったんです。二〇代の頃から私の付き合う相手に、母は必ずケチをつけてきました。結構なエリートや、爽《さわ》やかなイケメンでもダメなんです。そうすると不思議なもので、自分でもよくない人と付き合っているような気がしてきて、最終的に別れちゃうんです」

今まではそうだったかもしれないが、沙織はもうすぐ三五歳だ。さすがにもう親も激しくは反対しないのではないか。

「今まで紹介した彼も、挨拶ができないとか、暗そうだとか、箸の使い方がなっていないとか、ケチをつけられまくりました。母は本音の部分では、私に結婚して欲しくないのかもしれません」

「そんなことはないでしょう」

「いいえ。口では早く結婚しろって言ったりもします。だけどいざ結婚しようとすると、母は必ず反対するんです」

沙織が大きく首を振ると、ふんわりカールが左右に揺れた。

「ひょっとして、お母さんは沙織さんに嫉妬《しっと》しているんじゃないですか」

稀にそういう理由で結婚できない娘がいた。

「それは考えられません。母は若い頃から美人で有名だったし、頭だって私よりもいい大学を出ていますから」

「だからこそです。お母さんは今の生活に満足できていないんじゃないですか」

沙織は首を傾げて考えている。

「さあ、それはどうでしょうか」

「娘に不幸になって欲しいと願う親はいませんが、娘があまりにも幸せになることを望まない親は結構います。自分が惨《みじ》めにならないように、できれば自分よりちょっとぐらい苦労する、そんな結婚相手を選べばいいのにって思っているのかもしれませんよ」

人生の中で子供は母親から様々なことを刷り込まれている。そこは男性も同じだが、女性の場合、結婚相手まで母親の影響を受けてしまう。

「私、今とっても恐れていることがあるんです」

「それは何ですか」

「本交際の練馬の彼を母から否定されてしまったら、私も急にその彼のことが好きじゃなくなっちゃうような気がするんです」

そんな馬鹿な。それほどまでに沙織は母親の影響を受けてしまっているのだろうか。しかし自信がなさそうな沙織を見ると、急に心配になってくる。

「沙織さんは子供の頃から、お母さんの望む娘になろうとしていませんでしたか」

沙織が大きな目を瞬く。

「その通りです。私は母ほど美人じゃなかったし、頭もよくはなかったから一生懸命努力しました。だけど大学はそこそこのところでしたし、就職も超一流企業というわけにはいかなかったから、せめて結婚相手ぐらいは、母親の望み通りにと思っていたんです」

「沙織さんは、女性版のマザーコンプレックスかもしれませんね」

七三日目

「母さん、ちゃんと薬を飲んでる？」

認知症の根本的な治療薬は未だに開発されていない。しかしその症状を抑える薬はあったし、また母親は治験として新薬を投与してもらえていた。

「もちろんだよ、達也」

本当に効くかどうかはわからないが、新しい薬なので期待は持てる。

「少しは効いているような感じがする？」

「わからない。効いているような気もするし、効いていないような気もするのよね」

相変わらず本人は自分の行動を忘れてしまうのだから、その効き目を自覚できない可能性はある。

しかし岸本が見る限り、著しく症状が進んでいるようには見えないので、ある程度の効果はあるのかもしれない。少なくとも目立った副作用は出ていないので、飲ませてみてよかったと思っていた。

「早く今度の日曜日にならないかね。達也のお嫁さんに会うのが楽しみだよ」

母親にとっては、新薬よりも岸本の結婚話の方がいい薬なのかもしれない。

嫁に来るかもしれないお嬢さんと会った時に、失禁してしまったら恥ずかしいと、母親は自らリハビリパンツを穿くようになった。

「達也はその子とは、どれぐらいの付き合いになるの？」

「入社したのは数年前だけど、付き合うようになったのはつい最近だよ」

「もうプロポーズはしたのかい。結婚してくれると、達也が勝手に思い込んでいるだけなんじゃないの」

「その辺は大丈夫だよ。お互いの意思は確認したから」

母親を失望させたくなくて、岸本はそんな嘘をつく。

「だけどコロナが完全に収まらないと式も挙げられないから、すぐに結婚ってわけにはいかないけどね」

なぜ結婚しないんだとせっつかれても困るので、岸本は軽く予防線を張るのも忘れなかった。

「名前は何て言うんだい」

「希だよ。葉山希」

新薬の効果もあって、本当に症状が落ち着いているのかもしれない。今まで、こんなに話が続いたことはなかった。

本当に母の症状が改善したら、嘘でもいいから希を紹介しなければならない。しかし青山のイタリアンで自分の母親の介護話をして以来、二人の間には何となく気まずい空気が漂っていた。

「そのお嬢さんのご両親は健在なの？」

「お母さんは亡くなって、お父さんはどうだったかな」

そう言えば、希から父親の話を聞いたことはないような気がする。

「そのうち、両家の食事会なんかもあるはずだから、そういうことはちゃんと訊いておかないといけないよ」

「いやまだそんな段階じゃないから。母さんにひとまず紹介はするけど、すぐに結婚なんてことにはならないよ」

誰かに希のふりをしてもらおうか。そういうことをお金で引き受けてくれるサービスもあった。実際に人数のバランスが取れない結婚式で、岸本は偽の親せきを手配したことがある。

「ところで達也、今日は何曜日だっけ？」

「水曜日だよ」

「そうかい。とにかく今度の日曜日が楽しみだ。母さんその日は、何を着ようかね」

七四日目

「それで伸之さんは、諏訪内さんと本交際をする気はあるんですか」

当初は全く乗り気ではなかったのに、伸之はピアノの先生を多少は気に入ったようだった。

「今日はそのことを、岸本さんに相談に来ました」

仕事終わりに事務所に立ち寄った伸之は、グレーの背広に赤いネクタイを締めていた。黒い縁取りの眼鏡から覗く目が、真っ直ぐ岸本を見つめている。

「お相手の諏訪内さんからは、本交際の申し込みがきていますよ。先日会った時の印象も、悪くなかったと言っています」

「鮎の骨を取ってもらったんです」

「は？」

鮎の背骨を引き抜いてもらって、伸之はとても感動したと熱く語った。マザコンの伸之には、それがたまらなかったようで、やはり奥さんになる女性にも母親同様の献身を求めるのだろう。

「よかったじゃないですか。その人とならば、きっと伸之さんも上手く行くと思いますよ」

「確かにいい人だとは思うんですよ。一緒にいてほっこりしますし、アイドル好きもマザコンもばれたけど、それでも嫌われなかったので、もう隠し立てしなくていいから楽です」

「じゃあ、本交際の申し込みをしましょうか」

「でもやっぱり、顔が好みじゃないんです」

マザコンであることも含めて相手が本交際を希望しているのだから、ここで手を打つべきだろうと岸本は思った。しかしなかなか一筋縄ではいかない。

「お母さんは何ておっしゃってるんですか」

「結婚しなさいの一点張りです。僕よりも母の方が気に入っているんですから。いっそママが結婚したらいいって言ったら、昨日は喧嘩《けんか》になりました」

重度のマザコンでも、母親と喧嘩になることはあるようだ。

「そんなに顔って重要ですか」

「重要ですよ。岸本さんだって男なんだから、女性はまずは顔で選ぶでしょ」

岸本は目の前に置かれたコーヒーを飲む。

「若い時は確かにそうでした。だけどこの年になると、大分考え方も変わりましたね。仲之さん、結婚は美人コンテストじゃないんですよ」

眉間に皺を寄せながら、仲之もコーヒーを一口啜った。

「結婚相手を顔で選んじゃダメなんですか」

「どんな美人でも、いつかは年を取りますよ」

岸本の頭に自分の母親のことが過る。今では失禁を繰り返すあの母親も、若い頃はなかなかの美人だったと聞かされたことがある。

「顔のよさは結婚相手に望む条件の一つではありますが、すべてではありません。でもよく考えてみてください。他の男性も顔を最重要視しますから、顔のいい女性にはお見合い希望の男性が殺到します。そのライバルたちを撥《は》ねのけて、仲之さんが希望の美人をゲットするのは難しいです。何しろ仲之さんには、マザコンという強烈なハンデがありますから」

仲之が口をへの字にして黙り込んだ。

「じゃあ岸本さんが結婚相手を決めた時、その決め手はなんだったんですか」

本当は結婚してない岸本に、その質問に答える資格はない。しかし左手薬指の指輪のせいで、仲之は岸本が結婚していると信じている。

「僕が結婚相手に求めたものは度胸です」

「度胸？　女性なのにですか」

「まあ安心感と言い換えてもいいですかね。逆境にあっても、それにめげない強さを持っている懐の深い女性がいいですね」

「どういうことですか。僕には意味がよくわかりません」

外人のように両手を上に広げて首を捻る。

「男って調子のいい時はイケイケですが、ちょっと逆境になると途端に意気地がなくなるじゃないですか」

伸之は黙って耳を傾ける。

「受験でも就活でも仕事でも、上手く行かないと男はすぐに弱気になる。そして自分がダメだと諦めて逃げ出したくなった時に、伸之さんなら奥さんにどうしてもらいたいですか」

「まあ、励ましてもらいたいですね。嘘でもいいから大丈夫とか言って欲しいです」

男は女に比べると、かなり単純な生き物だ。

怒られれば拗《す》ねるし、褒められれば調子に乗る。そんな旦那を上手くコントロールできる奥さんがいると、その夫婦は上手く行く。しかし夫が上手く行かない時に、妻も一緒に煮詰まってしまうと、その夫婦は自滅して家庭も崩壊してしまいかねない。

「さらに場合によっては厳しく叱《しか》ってもらって、もう一度男の戦場に送り出して欲しいですよね」

「言われてみれば、そうかもしれません。なんか妙に腑に落ちました」

「伸之さん。それを今までは、お母さんがやってくれていたんですよ」

七五日目

「カンパーイ」
浴衣《ゆかた》姿の颯太と美由紀はビールグラスを合わせると、美味しそうに黄色い液体をゴクリと飲む。

街コンで出会って以来五回デートをしてきたが、まだ二人は男女の関係にはなっていなかった。しかし遂に、箱根《はこね》に旅行に行こうと誘われた。このまま部屋で夕食を済ませた後に、いよいよ美由紀が処女を喪失する可能性が高まっていた。

「やっぱりそのビジネスは、マルチだからやめた方がいいと思うよ」

蛭田佳代子から紹介されたキノコの健康食品の話題になっていた。

「マルチ自体は違法じゃないかもしれないけど、そもそもコロナに効くって言っちゃってるから、薬事法とか他の法律に抵触《ていしょく》していると思うし」

その健康食品を大量に購入するよう佳代子に迫られていた。

「結婚相談所のアドバイザーさんにもそう言われたけど、やっぱり颯太さんも危ないと思う？　佳代子さんは問題ないって言ってるんだけど」

颯太に言われて、美由紀はますます不安になった。

「佳代子さんって、あの食品サンプル作りで美由紀ちゃんの隣にいた人だよね」

颯太は、目の前の舟盛りの刺身を箸でつまむ。

「そうなの。私をさりげなく颯太さんの隣にしてくれたり、その後も何かと連絡をくれたからいい人だと思ったんだけど」

美由紀は海老の天ぷらを頬張った。

「それが彼らの作戦なんだよ。街コンとか審査の緩いお見合いパーティーに紛れ込んで仲良くなって、高額商品を売りつけたり、新興宗教の勧誘をするのが本当の目的なんだ」

同じことを希にも言われていた。

「やっぱりそうなのかな」

自分は人を見る目がないのだろうか。佳代子自身は本当に世話好きのいい人だと、美由紀は今でも思っていた。

「そうだよ。もしも美由紀ちゃんがお金に困っているなら、僕が何とかしてあげるから、とにかくその健康食品の話は断った方がいい」

「わかりました。やっぱり佳代子さんの話は断ります。そもそもそんな大量の商品を買えるほどのお金もないから」

颯太が胸を撫で下ろす。

「よかった。僕の大事な人が悪徳マルチ商法に洗脳されていたら大変だと思って、今日は一晩かけてでも説得しようと思っていたんだ」

その言葉を聞いて、美由紀はちょっと失望する。

今回、颯太は美由紀を抱くためにこの宿を取ったものだと思っていたが、本当はマルチに嵌《はま》りそうになった自分を助けることが目的だったのだろうか。

「僕の母親も一時期マルチに嵌ったことがあって、家庭が大変になったことがあったんだよ」

それは初めて聞く話だった。

「もう一〇年も前の話だけどね」

「颯太さんのお母さんは、今はどうしているの？」

五回もデートをしていたが、まだ颯太の家族の話を聞いたことはなかった。

「五年前に膵臓《すいぞう》ガンで死んだんだ。膵臓って早期発見するのが一番難しい臓器なんで、ガンが発見された時にはもう手遅れだった」

颯太は遠い目をしてビールを飲んだ。

ちょっと気まずい空気が漂ってしまい、美由紀はお刺身を箸でつまんで醤油《しょうゆ》につける。

「美由紀ちゃんの家族は、みんな元気なの？」

「お父さんは随分前に交通事故で死んじゃったの。でもお母さんは元気そのものでピンピンしてる」

美由紀は重い空気を一掃すべく、努めて明るくそう言った。

相変わらず美由紀の母親は、結婚しろと口うるさかった。今日の旅行のことを話したら、『赤飯を炊いて待っている』と言われてしまった。

「美由紀ちゃんのお祖父《じい》さんとかお祖母さんは、亡くなってるの？」

「父方のおじいちゃんは死んじゃったけど、母方はまだ二人とも元気なの。きっとお母さんの方は長寿家系なんだと思う」

「父方のおじいちゃんは病死だったの？　ひょっとしてガンだったりする？」

美由紀は小首を傾げて考える。

「どうだったかな、小学生の頃だったからあんまりよく覚えていないけど、ガンではなかったと思う」

「そうか。それはよかった」

颯太はにっこり微笑むと、茶碗蒸しの蓋《ふた》を取って食べはじめる。

美由紀はお椀《わん》のお吸い物を啜りながら、この食事の後のことを想像する。食事が終わればここに仲居がやってきて、二つの布団が敷かれるはずだ。今のうちに自分が処女であることを打ち明けるべきだろうか。それとも黙って成り行きにまかせるか。

『必ずしも出血するわけではありませんから』

そんな希の言葉を思い出す。

その後ネットで調べたが、確かに処女喪失の時に出血しない人は少なくないらしい。しかも自分が心配していたほどには、男性は高齢処女のことを気にしていないようだ。ならばこの場で打ち明けた方が気も楽だし、意外とスムーズに行くかもしれない。

「答えたくなければ答えなくてもいいんだけど、颯太さんが初めて女の子と付き合ったのって何歳の時だった？」

　颯太は茶碗蒸しを食べる手を止める。

「一番最初に付き合ったのは高校二年生の時だけど、その彼女とは最後までプラトニックな関係だったよ」

　その彼女とプラトニックだったということは、その次の彼女からはそうじゃないということだろう。

「その後、何人ぐらいの女の人と付き合ったの？」

「まあ片手ぐらいかな」

　一〇人以上だったらショックだったが、それぐらいだったら耐えられる。むしろそれぐらいの経験があれば、今夜は美由紀を上手くリードしてくれるだろう。

「颯太さん、実は……」

「美由紀ちゃん」

　美由紀が勇気を出して告白しようとした時、颯太の声が被《かぶ》った。

「美由紀ちゃんにこのことを話すのはまだ早いかなとも思ったんだけど、やっぱり言っておいた方がいいと思うから、正直に言うね」

　颯太が真面目な顔で言った。

「何の話？」

「美由紀ちゃんって、処女だよね」

口から心臓が飛び出しそうになるぐらい、美由紀はその言葉に驚いた。

「どど、どうしてわかるんですか」

「だって今まで男性と付き合ったことがないって言ってたし、初めてのデートの時に、ホテルに誘ってもいないのにホテルには行かないとか言い出すし。その後も性的な話題になると、とんちんかんなことを言うから、きっと経験は少ないんだろうなって思ったんだ」

自分が処女であることは、とっくの昔に勘付かれていたようだった。

「そうなると美由紀ちゃんにとって、僕が初めての男ってことになるよね」

美由紀は真っ赤な顔でこくりと頷く。

「だとすると、いい加減な気持ちで美由紀ちゃんを抱くわけにはいかないと思うんだ。美由紀ちゃんの初めての男となる以上、結婚なんてことも考えなくちゃならないから」

颯太の真面目な人柄は、デートを重ねるうちにわかってきた。

しかし結婚を考えるにはまだちょっと彼は若いような気もしていたので、そんな風に颯太が真面目に考えているのは不思議だった。

「結婚を前提とすると、僕の家の問題も最初から話しておかないとフェアじゃないと思ったんだ」

颯太は何を話そうとしているのだろうか。まさか家族全員で、悪徳マルチ商法でもやっていたりするのだろうか。美由紀は何も言わずに、颯太の澄んだ瞳を見た。

「うちはかなりのガン家系なんだ。父も母もガンで死んだし、姉も今、乳ガンの治療中なんだ。親せきにもガンで死んだ人がいるし、だから美由紀ちゃんが僕と結婚しても、あっさり僕は死んでしまうかもしれない」

七六日目

仕事を終えて自宅に帰り、小用を足そうとトイレに入ると、便器になみなみと汚水が溜《た》まっていた。恐らく母が紙パンツか何かを流してしまったのだろうと思ったが、このままでは自分も用が足せない。

「母さん、トイレに何を流したの」

「別に。何も流してなんかいないよ」

少しは症状が落ち着いたかと思ったが、それは岸本の願望が見せた錯覚に過ぎなかったのかもしれない。

「達也のお嫁さんは、いつになったら来るんだい？」

「だから今度の日曜日だよ」

岸本は声を荒らげる。

過去に同じようなことがあり、トイレの詰まりについてネットで調べたことがあった。トイレが詰まる原因にはいくつかあったが、介護用品、生理用品などを流してしまうことがその主たるものだった。その時は通称スッポンと呼ばれるラバーカップを使って、岸本は何とか自力でトイレを直すことができた。

しかし今日は全く汚水が引かないので、自力で直すのには不安があった。

業者に頼んで来てもらおうかと思いスマホで調べて電話をしてみたが、夜遅いせいか何度かけても繋がらなかった。

吸水性ポリマーが使われている紙パンツなどは、水を吸えば吸うほど大きくなるので、早めに取り除かなければならなかった。すぐにやれば簡単に取り除けるのに、数時間置いてしまうと、業者がやっても難しくなってしまうこともあるらしい。

母親がトイレにやってきて言った。

「達也、お腹が空いた」

「うるさい！」

思わず大きな声が出る。

「じゃあ、勝手に食べる」

母親はそう言い捨てて、一人でキッチンに消えていく。

岸本は外にバケツを取りに行く。まずは便器の中の水をバケツに移し、便器内の水位を低くする。しかし糞便《ふんべん》混じりの汚水をすくうと、そのにおいで鼻が曲がりそうになり、岸本は何度も何度も吐き気をもよおした。

その汚水を庭に穴を掘って処理する。便器の底が見えるようになった頃には、帰宅してから一時間が過ぎていた。明朝打合せがあるので、早く終わらせないと寝る時間もなくなってしまう。

次にラバーカップを使ってみる。

ラバーカップを便器の排水口に密着させて、ゆっくり焦らずに押し付ける。こんな深夜に何をやっているのかと情けなくなってくるが、誰も助けてはくれない。便器を詰まらせる原因を作った母親は、息子のこんな苦労も知らず、既に安らかな寝息を立てている。ラバーカップがもうこれ以上押し付けられなくなったら、今度は思いっきりそれを引っ張る。これを何回か繰り返せば、トイレの詰まりは解消するはずだった。

しかしどうも様子がおかしい。

排水口の奥に何かが詰まっているのは間違いなかった。針金のハンガーを改造してそれに引っ掛けて取り出すという方法もあるらしいが、素人には難しそうだ。

トイレの詰まりを取るもっとも確実な方法は、手を突っ込んでその原因となるものを引っ張り出すことだった。

岸本は意を決して、トイレの排水口に右手を突っ込んだ。

何で自分がこんな時間に、こんなことをやらなくてはならないのか。情けなさから、涙がこぼれ落ちる。何もかも投げ捨てて、この場から逃げ出したくなってくる。

しかしここでやめたら元の木阿弥《もくあみ》だ。

それに自分が逃げたら、認知症の母親は野垂れ死んでしまうだろう。

それでもいいんじゃないか。

そんな悪魔の声がした。

七七日目

「事務所を畳むかもしれないって、どういうことですか」

ちょっと相談があるからと、岸本は希を食事に誘った。以前希にご馳走してもらった近くのイタリアンにやってきた。

「まだ決まったわけじゃないんだけど、その可能性があることは耳に入れといた方がいいと思って」

希には希の生活がある。

母親の介護で事務所が立ち行かなくなったとしても、自分の一存で一方的に事務所を閉めるわけにはいかなかった。

「家賃が払えないからですか」

月三五万円の事務所の賃料は大きな負担だった。それにデータベースのシステム使用料、コピー機やファックスなどのリース料、光熱費や通信費、そして希の給料、さらには岸本自身も食べていかなければならない。

「まあ、その問題も大きいんだけどね」

希のグラスに赤ワインを注ぎたし、岸本は手酌で自分のグラスをいっぱいにする。

「最近、入会希望者が増えつつあるじゃないですか。もっと宣伝を強化して、積極経営に変えた方がいいんじゃないですか」

入会希望の問い合わせは増えつつあった。

「問題はお金のことだけじゃないんだ」

岸本は赤ワインを一口飲んだ。

「お母さんの介護ですか」

生ハムとともにトマトをフォークで突き刺して口の中に放り込む。

「そうなんだ。実はおふくろの認知症が進んじゃってね」

以前このレストランでその話になった時、希には母親が軽い認知症状態であるとだけ話した。しかしその詳しい症状までは、敢えて説明しなかった。

「そんなに悪いんですか、お母さん」

「遂に下《しも》のコントロールができなくなったんだ。他人の希ちゃんにこんなことを話すのは、恥ずかしい限りだけどさ」

思わず大きくため息が出た。

「他人だなんて冷たいじゃないですか。何年も同じ職場で働いてきた同志なんですから」

希は眉を吊《つ》り上げる。

「そう言ってくれるのは有難いけど、もう介護に時間を取られすぎて、俺が会員の相談に乗る時間が取れないんだ。会員が増えたとしても、物理的にできないことが多すぎるよ」

「だから事務所を畳むんですか」

　パプリカとなすのミートチーズペンネを頬張ると、希は赤ワインで一気にそれを喉《のど》の奥へと流し込んだ。

「いや、まだ決めたわけじゃないけど」

　口ではそう言ったものの、それ以外の選択肢は考えられなかった。むしろ一刻も早くそうしなければならないのだが、母の介護と日々の仕事に追われ、冷静な判断をする余裕がない。

「だけど青山のあの場所だから、あんな高額な入会金が取れるんじゃないんですか。街の普通の結婚相談所になってしまえば、入会金は下げなければならないですよ。そうしたら忙しい岸本さんは、ますます首が回らなくなるんじゃないんですか」

　希の言うことにも一理あった。

　そんな基本的なことにも考えがおよばない。事務所を閉じても、もはや自分には救われる見込みがないということなのか。

「私がもっと結婚相談に乗りましょうか。そして事務の女性をもう一人増やせば、何とかなるんじゃないですかね」

　岸本は腕を組んで考える。そんなことが可能だろうか。今の今まで事務所を縮小することしか考えていなかったので、希の提案は目から鱗《うろこ》だった。

「希ちゃん、そんなことできるの？」

「今担当している美由紀さんと宇都宮さんは、多分、成婚にもっていけると思います。私、この仕事に向いているみたいです」

そうなのかもしれない。今までも希に何人かの会員をケアしてもらったが、希が手掛けた会員はほぼ一〇〇パーセント成婚していた。

「しかし今でも給料が安いのに、そこまでお願いしていいのかな」

「でもそうしないと、私は馘首《くび》になっちゃうんですよね」

それが一番気になっていた。岸本もかなり厳しいが、希も経済的にはピンチなはずだ。

「知り合いの結婚相談所に働き口がないか、訊いてみようとは思っているけど。まずは希ちゃんに、相談しなくちゃと思ったんだ」

「事務所を畳む可能性は何パーセントぐらいですか」

岸本は何と答えようか考える。もしも事務所が閉鎖されたら、希が結婚するいい切っ掛けになるのではないか。その方が、結果的に生活は安定するのではないか。

「まあ、五〇パーセントぐらいかな」

希が空になった岸本のグラスにワインを注ぐ。

「岸本さん。お母さんの介護って、そんなにきついんですか」

「きつい。しかも今後、ますますきつくなると思う」

岸本は赤ワインをぐいと呷る。

最近、酒を飲んでも酔えなくなった。飲んでも飲んでも、介護のことや事務所を畳むことばかり考えてしまう。

「やってみてよくわかったんだけど、介護っていくら頑張っても明るいゴールは待ってないんだよ。だからどんどん悪い方に考えてしまう」

岸本は大きくため息を吐いた。

今まで普通にできていたことができなくなる。楽しかった過去の思い出を忘れていく。そして必ず最後に人は死ぬ。その過程を一緒に見ていくことが、岸本と母親にとって何かの意味を成すのだろうか。

「介護をしていると、だんだんおふくろが憎たらしくなってくるんだよね」

認知症は人を頑固にさせる。子供のように聞き分けが悪くなったし、何度言っても約束を忘れてしまう。それも認知症の症状の一つなのだが、ついかっとして母親を殴ってしまいそうになる。介護施設で虐待が多いという現実も、最近身に染みて理解できるようになった。

もはや自分の精神は限界なのかもしれない。

「岸本さんって、本当に口だけ番長ですね」

希がいきなりそう言った。

「どうして俺が口だけ番長なんだ」

希は目の前のグラスを一気に呷り、大きな音を立ててテーブルに置いた。

「子育ては待つ練習。結婚は許す練習。じゃあ、人生は？」

かつてそのことを、希に自慢げに話したことを思い出す。

「笑う、練習か」

「自分でそんなことを言っときながら、岸本さんは全然実践できていないじゃないですか。だから口だけ番長って言ったんですよ」

確かにその通りだ。

岸本は苦笑いしながら、自分の頬を右手で撫でる。

「それに介護って、何でも一人で背負《しょい》い込まない方がいいらしいですよ」

そんなことをヘルパーにも言われていた。

「介護疲れの挙句に介護殺人とかしてしまう人は、何でもかんでも自分がやらなくちゃならないと思って、どんどん自分を追い詰めちゃう人なんだそうですよ。岸本さんもそうなっていませんか」

希に言われてはっとする。

確かに自分一人で、何とかしなければと思い込んでいた。

「希ちゃんは、意外と介護に詳しいんだね」

自分の親を、介護したことでもあったのだろうか。

「この前ここで岸本さんからお母さんの話を聞いたんで、ちょっと調べてみたんです。介護って、身内がやると出口が見えなくなるらしいですね」

介護される方も、身内には甘えが出る。実際何をするにしても、岸本よりもヘルパーの言うことの方が母親も素直に聞いてくれていた。

「私が、お母さんの介護を手伝ってあげましょうか」

岸本は自分の耳を疑った。

「どうして他人の希ちゃんが、俺の母親の介護をしてくれるの？」

「他人じゃなくなればいいんじゃないですか。私と岸本さんが結婚したら、もう他人じゃなくなりますよね」

自分は酒の飲みすぎで、頭がおかしくなってしまったのか。それとも酒に酔っているのは希の方か。

「希ちゃんが、俺と結婚？」

「嫌ですか」

岸本は大きく首を振る。

「嫌じゃないけど。いやむしろもしもそんなことになったなら、願ったり叶《かな》ったりだけど」

「そもそも岸本さんは、私のことをどう思っているんですか」

希の目が据わっている。

「どうって、会社のスタッフだし、大切には思っているけど」

「それだけですか」

希が片手でテーブルを叩くと、料理の皿が大きく揺れる。

「女性として、私をどう思っているんですか」

「そりゃ美人だしスタイルもいいし、とても魅力的だと思っているよ」

「他には？」

「頭もいいし仕事もできるし、一緒に働いていて楽しいよ。どうしてこんないい人が、うちみたいな会社にいてくれるのか、以前からずっと不思議に思っていたんだ」

「だから岸本さんは、私のことを好きなんですか、嫌いなんですか」

片ひじをついて希が訊ねる。

「もちろん好きだよ」

「私を抱きたいと思いますか」

思わず岸本は息を呑《の》んだ。

本気でそんなことを訊ねているのだろうか。それともただの酔っぱらいの戯言《ざれごと》なのか。

「もちろん、抱きたいと思っているよ」

希が酔っているのならば、自分も本心を言ってやろう。

岸本は希と初めて会った時に一目惚れした。しかし会社のスタッフなので、そんな感情は許されないものと封印してきた。そもそも冴えない中年の岸本には、とても手の届かない高《たか》嶺《ね》の花だと思っていた。

「私と結婚したいと思いますか？」

「希ちゃん、本気でそんなことを訊いてるの」

「いいから質問に答えてください。岸本さんは、私と結婚したいと思いますか」

「ああ、結婚したい。俺は葉山希と結婚したい」

希はにっこり微笑んだ。

「どうもありがとうございます。それじゃあこれから、私が今まで結婚をしなかった本当の理由をお話しします。その話を聞き終わっても岸本さんの気持ちが変わらなかったら、私と結婚してください」

希が結婚をしない本当の理由。

岸本にはそれが何だか全く想像できなかった。

「私の父は人を殺しました。ある殺人事件の犯人で、今も刑務所で服役しています」


「事件は、私が高校一年生の春に起こりました」

そう告げた瞬間に、希の脳裏に一八年前の記憶が蘇る。

東京の進学校に入学した希は、クラスにもそして部活動のテニス部にもすぐに馴染《なじ》み、何人かの友達もできた。そこで三年間楽しく過ごすはずだったが、父親の起こした事件ですべての望みが一瞬にして消え去った。

「何日も父が帰ってこなかったので、変だなとは思ってたんです。母にそのことを訊くと、出張中だとしか教えてくれませんでした」

岸本は顔を引きつらせ、黙って希の言葉を聞いている。

本当は岸本に、この話をするつもりなどなかった。しかし岸本の介護話を聞いているうちに、自分の中で長年我慢してきた何かが崩壊してしまった。

「そして学校帰りに、週刊誌の記者だと名乗る人に呼び止められたんです。サングラスをかけたその人に、お父さんが殺人事件の容疑者で、警察で取調べを受けていることを知っているかと訊かれたんです」

　急いで家に帰って訊ねると、母も詳しい話は聞かされていなかった。しかしすぐに家にもマスコミがやってきて、あっという間に街の噂《うわさ》になってしまった。それは学校も同様で、担任の教師から暫くは休んだ方がいいとアドバイスされた。

「母は私を連れて実家に戻りました。母の実家は岡山にあって、当時はまだ祖父が健在だったのでそこに身を隠しました。そこで見たテレビで、父の起こした事件の詳しいことを知りました。父は近所に住んでいた若い女性を殺したんです。私も母も全然知りませんでしたが、父とその女性は不倫関係にあったようです。しかも父はその女性を妊娠させてしまい、堕胎《だたい》するしないの言い争いの果てにかっとなって殺してしまったんです」

　それを知った時の母親の錯乱ぶりは、見ているだけで辛かった。

　父親は希にはもちろん母親にも優しい人だったので、不倫してさらに殺人まで犯してしまうなどとは夢にも思っていなかった。しかし後になって思うと、優しいというのは単に優柔不断なだけで、殺してしまった女性と不倫関係になってしまったこと自体、父の弱さの表れだった。

「祖父の強い勧めで、母はすぐに父と離婚しました。今の葉山という私の苗字は母の実家のものなんです」

父は離婚に応じ、今後一切の関わりを絶つと約束した。一時はマスコミが大騒ぎしたが、それも時間が経つにつれて沈静化した。

「それでも東京の高校に通うのはもう無理だと思ったので、母が岡山の高校に転校の手続きをしてくれました。登校初日はドキドキだったけど、学校側も気を遣ってくれて父のことはごく一部の人しか知りませんでした。それでなんとか普通の高校生活が送れるようにはなったんです」

やがてその高校で、サッカー部の同級生から告白された。

希にとって初めてのボーイフレンドで、デートを重ねて男女の関係にもなったけれども、どんなに親しくなっても自分の父親のことは話せなかった。

「高校二年の時に、父の裁判が結審して懲役二五年が言い渡されました。それがきっかけになったのか、学校で私の父のことがばれてしまったんです。田舎の高校だったので、噂が広まるのはあっという間です。学校に行くと黒板に、『人殺しの子供は学校に来るな』と書かれていて、その日から学校には行けなくなりました。毎日、家に引きこもっていたら仲のよかった友達は心配してくれたけど、それも最初のうちだけでやがては連絡がこなくなりました」

恋人だったサッカー部の彼も同様だった。外で会う気がしなかったので、最初は電話でやり取りをしたが徐々に回数が減っていき、最後は一切連絡がなくなった。やがて他の女子と付き合い出したことを、女友達から聞かされた。

「家に悪戯《いたずら》電話もかかってきました。無言電話はしょっちゅうで、いきなり『人殺し』と罵《ば》声《せい》を浴びせられたこともありました。怖くて電話に出られなくなると、今度はネットに個人情報を晒《さら》されて、もう本当に死ぬしかないと思いました」

ネットには、『みんなで葉山希をレイプしよう』とか、『人殺しの子には何をやってもいいんだ』などと書き込まれていた。警察に相談して削除してもらったが、当時は怖くて一人で外を歩けなかった。

「結局、母の実家にも住んでいられなくなってしまった。祖父にお金を借りて私と母は横浜に部屋を借り、そこで隠れるようにして暮らしました。田舎よりも都会の方が、人に紛れて暮らすにはよかったんです」

その後も何度か住む場所を変えて、時が経つのをじっと待った。

「もう一度転校をしても、また父のことがばれる心配があったので、高校は中退して大学検定試験を受けました。真面目に勉強はしていたので、希望の大学に合格することはできましたが、そこでもまた父のことがばれるのが怖くて、深い人間関係を作ることは避けたんです」

就職してからも同じ不安を感じていた。

正社員で採用されると親のことを調べられると思ったので、派遣会社に登録して勤め先を転々とした。

「やがて祖父と母が相次いで亡くなって、私は天涯孤独になってしまいました。正確には刑務所に父がいますが、今でも連絡は一切取っていません」

派遣先で父親のことがばれることはなかった。しかし派遣社員の給料は安く、やがて給料だけでは足りなくなって、キャバクラとのダブルワークをするようになった。そうなるとお店に来る何人かのお客さんから口説かれて、中にはプロポーズしてくれる人もいた。

「でも一番の問題は結婚だったんです。私はかつてプロポーズされるたびに、父の話をしようかどうか悩みました。父のことを内緒にしたまま結婚して、ばれたらと思うととても結婚には踏み切れませんから」

正直に話したことも何回かあった。

最初は『気にしなくていい』『お父さんとは別人格だから』などと言ってくれるが、恋人が親に相談すると風向きが変わる。家族や親せき、そしていつか生まれてくる自分の子供のことを思うと、相手がそうなってしまうのも理解はできた。

「父のことを内緒にしたまま、プロポーズを受けるわけにはいきません。しかし自分から断る理由も見つけられないので、答えだけを引き延ばしているうちに、恋人たちが浮気をしてしまったのは、そんな私のどっちつかずの態度に原因があったんです。私、結婚するのが、本当に怖かったんです」

もともとキャバクラで知り合っているので、女好きで浮気っぽい男が多かった。しかし告白してくれた時の気持ちは本物だと思っていたし、希も好きだから付き合った。自分が秘密を隠し続けている罪悪感と、真実を打ち明けて去って行かれる喪失感。希は長い間、出口のないトンネルの中を彷徨っていた。

「希ちゃん、本当に大変だったんだね」

「岸本さんには感謝しています」

派遣先の会社でセクハラにあい、転職を考えていた時にスマイル結婚相談所の求人を知って面接を受けた。保証人などは一切必要なかったので、希には有難かった。確かに給料はよくなかったが、岸本にそこはかとない親しみを感じて、会社で働くことは今でも楽しい。口喧嘩を繰り返しながらも会社の売上げを伸ばしていくのは面白かったし、ちょっと口説かれてみたいと思って挑発したこともあった。

その岸本が、母親の介護で爆発寸前になっていたとは、つい最近まで知らなかった。

「介護は大変でしょうけど、私の話を聞いて少しは気持ちが楽になりましたか」

しかし新型コロナウイルスの感染拡大で、今までの生活はできなくなった。

地方公務員の鈴木に父のことを話したら、間違いなく破談になるだろう。しかし隠したままで結婚するのは不可能だ。コロナのせいでキャバクラもクラブも閉鎖される中、この年で水商売に戻るのも難しい。本当にこの事務所が閉鎖されたら、あとは桜木相手にパパ活をやるしかないのだろうか。

「以上が、私が結婚をしない本当の理由です」

七八日目

「宇都宮さん、今日は検査を受けていただいてありがとうございます」

部屋から出て来た宇都宮を岩本真由美が出迎える。

「この検査を受けるのが嫌で、破談となった人が過去に二人いたんです。やっぱり男性にとっても、これは非常にデリケートな問題ですからね」

こういう病院に来るのは初めての経験だった。待合室には若い女性がいっぱいで、世の中に不妊で悩んでいる人が多いことがよくわかる。

いきなり若い看護師からカップを渡され、そこに精液を取るように言われたのには驚いた。誰かが手伝ってくれるのかとも思ったが、もちろんそんなことはなく、個室の中にはおとなしめのヌード雑誌が置かれているだけだった。

「僕は全然気にしませんよ。少なくとも男女ともに妊娠できることを医学的に調べておくのは、結婚しようと思っているカップルには非常に大切ですからね」

本交際を前に、宇都宮は真由美から精液検査をしてくれと頼まれた。しかもこれは同時に、ＨＩＶ検査も兼ねている。

「もちろん私の最新の検査結果もお見せしますから、安心してください」

そう言うぐらいだから、真由美に問題はないのだろう。

費用は出すと真由美に言われたが断った。今まで食事をしてもずっと割り勘だったので、この検査の費用も折半にするべきだと思ったからだ。

　腕時計を見たらまだ午後の三時だった。

「もしも予定がないようなら、ちょっとお茶でも飲みませんか」

　精液検査だけして別れるのもなんなので、宇都宮は真由美をお茶に誘う。まだ本交際こそしていないが、二人の気持ちは通じつつあった。少なくとも宇都宮は、この黒髪の美人を気に入っていた。検査の結果が悪くなければ、いよいよ本交際に進むことになるだろう。

　喫茶店の扉を開けると、呼び鈴がカランコロンと音を立てた。紺色のエプロンを付けたウエイトレスに窓際の席を勧められる。

「宇都宮さんは、結婚したら子供は何人欲しいですか」

　席に座るとさっきの紺色エプロンのウェイトレスがやってきた。宇都宮はコーヒーを、真由美はレモンティーをオーダーする。

「そんなこと、考えたこともありませんでした」

「でも家族計画は大切ですよ。私は子供は二人欲しいです。今、ちょうど三〇歳なので、少なくとも三年以内に一人、そしてその三年後にもう一人できたらいいと思っています」

　そんなことまでしっかり考えているところが、いかにも真由美らしいと思った。この女性に任せておけば、何でも安心なような気がしてくる。

「まあ、僕も多くても三人ぐらいかと思っています。でもこればっかりは、思い通りにはいきませんからね」

「それでは困ります」

　真由美は黒い眼鏡をずり上げる。

「いやでも、さすがにしょうがないんじゃないですか？」

「もしも私が三三歳になっても子供ができなかったら、不妊治療を受けようと思っています。最初の人工授精の段階でも、旦那さんには協力してもらわなければなりませんから、その時はよろしくお願いします」

　そんなことまで考えているのかと、宇都宮は半ば感心する。

「男性も何か、大変なことをしなくてはならないんですか。体外受精とかで子供を授かる人もいるとは聞いていますが」

　さっきは検査だけだからよかったが、実際に不妊症と診断されてしまったら、特別なトレーニングでもしなければならないのだろうか。

「体外受精はその後の段階です。最初は先ほどもやってもらったように、事前に精液を提供してもらうだけですから、男性に大きな負担はありません」

「その取り出した精液をどうするんですか」

「その中から、運動率のいい精子だけを取り出して女性の胎内に入れるんです」

　不妊の原因が男性側にあることも多かった。精子の数や運動量がある程度までないと自然に妊娠することはできないが、人工受精でそれを補うことができた。

「へー、そんなことをするんですか」

「卵子と受精する精子は最終的には一つだけですから、精子の方は少数精鋭でもいいわけです」

　真由美はニコリともせずレモンティーを一口飲んだ。

「だけどそれでもダメな場合は、体外受精となります。これは事前に女性から取り出した卵子と精子を人工的に受精させ、その受精卵を再び女性の体に戻す方法です。こうなると女性側の肉体的な負担も大きいですし、費用もバカになりません」

　最近は保険が適用されるようになったが、以前は体外受精を一回すると五〇万円したこともあった。それで子供ができればいいが、妊娠できなかった時には夫婦で金をドブに捨てたような気分になるらしい。

「実は私、この病院に卵子を冷凍保存してあるんです。だからもしも婦人科系の病気に罹《かか》ったとしても、とりあえずは大丈夫です」

「婚活の後は妊活ですか。人生は色々大変ですね」

「私もそう思います。そして最後に、終活までありますからね」

　宇都宮はコーヒーを飲みながら、目の前の美人をじっくりと見る。

　今日は黒いセーターと黒いスカート、髪の毛も真っ黒だったので、上から下まで黒ずくめだった。身長も一七〇センチあり脚も長いので、店内のまわりの客の視線をそれなりに集めている。

「ところで真由美さんは、黒い洋服を着ていることが多い気がしますが、黒がお好きなんですか」

「そうですね。好きか嫌いかは別にして、黒い服を着ることが多いですね」

「どうしてですか。女性なんだから、もっとカラフルな色のファッションを楽しみたいと思わないんですか」

「黒だと何を合わせても大丈夫なんです。私は身長も高いので、ピンクやフリルの付いたような服は組み合わせるのが難しいんです」

　そんなものなのかと宇都宮は思いながら、白いカップを持ってコーヒーを飲んだ。

「似合っていませんか？」

「似合っていないことはありません。ちょっと不思議だなと思っただけです」

「そうですか。それならば安心です」

　思ったことをすぐ口に出してしまうのが、宇都宮の悪い癖だとよく言われる。しかし真由美も似たようなタイプなので、こんなぎくしゃくした会話でも気にならない。

「ところでさっきの検査で僕に異常がなかったら、いよいよ本交際ってことになりますかね？」

「その予定なんですが、最後にもう一つだけ試させてもらってもいいですか」

　今度は何をさせられるのだろう。人間ドックにでも行って、全身のＣＴスキャンでも撮れというのだろうか。

「もしも今日の検査で問題がなかったら、来週どこかで二時間ほどお時間をいただけませんか。一時間三〇分でもいいですが、一時間だとちょっと忙《せわ》しいかもしれません」

「それは昼間ですか、それとも夜ですか」

宇都宮はスマホをタップして、来週の予定を確認する。

「どちらでも構いませんが、できたら夜の方がいいかもしれません」

「わかりました。水曜日の夜ならば大丈夫です。それで僕は何をすればいいんですか」

真由美は目の前の紅茶を一口飲んで、カップをソーサーの上に静かに載せる。

「宇都宮さんの精子に異常がなければ、今度は自然な状態で私がそれを受け入れられるかを、テストしたいと思います」

七九日目

「あっ、おはようございます」

珍しく午前中に出社してトイレで用を足して出てきたら、出社したばかりの希と鉢合わせしてしまった。希は驚いたように目を見開き、岸本は大きく後ろに仰《の》け反《ぞ》った。

「お、おはよう」

岸本は希の顔をまともに見られない。

気まずい空気の中、すぐに自分の部屋へと逃げ込んだ。希が結婚しない本当の理由を打ち明けられた夜からもう二日が経つが、あれからまともな会話を交わしていなかった。

『希ちゃん、俺と結婚してくれ』

父親の話を聞いた後でも、岸本の気持ちは変わらなかった。

そしてその話を聞いて、岸本は今まで気になっていたいくつかの謎《なぞ》が氷解した。希がころころ髪型を変えるのも、ニコニコと笑いながらじっくり周囲の人間を観察しているのも、希が目立たず生きていくために、身につけなければならない特殊能力だったのだろう。

そんな希を、何とかこの手で守ってあげたい。

犯罪者の娘と結婚することに全く迷いがないかと言えば嘘になるが、幸い自分には認知症の母がいるだけで、迷惑をかける親せきもいない。ならば希が自分と結婚してくれるなんて、まるで夢のようだ。

夢ならば覚めないで欲しい。

そう思った岸本は、その場の勢いで希をホテルに誘った。

部屋に入るなり希をしっかりと抱きしめてキスをする。希の長い髪の甘い匂いを嗅《か》いだ瞬間、岸本の興奮はピークに達した。希の白いセーターを脱がせると、大きく張ったバストの上のピンクのブラジャーが露《あらわ》になった。希も岸本のネクタイを取り、ワイシャツのボタンをもどかしそうに外しはじめる。岸本が希の黒いジーンズのファスナーを下げ腰から一気に引き下げると、ピンクのショーツが目に入った。ジーンズを脱ぎ捨てた希は岸本のベルトに手を伸ばし、カチャカチャとした音の後にファスナーが下がる音が続く。希の背中に手を回し、戸惑《とまど》いながらもなんとかホックを外しブラを取り去ると、二人はそのままベッドの上に倒れ込んだ。

希は岸本の後頭部に腕を回して強く唇を吸う。岸本もそれに応えたが、希は快く受け入れてくれた。仰向けになっても、希の胸は大きく隆起し、その白い裸体は岸本が想像していた以上に美しかった。

しかし、できなかった。

この千載一遇の決定的な瞬間に、岸本の男としての機能が発動しなかった。

こんな魅力的な裸体を前にそれはないだろうと我ながら思うのだが、焦れば焦るほどダメになる。岸本は希のバストに手を伸ばして神経を集中するが、ダメなものはやっぱりダメだった。

まずい。

何とかしなくては。

こんなことでは希に嫌われてしまう。

このままでは希と結婚できない。

しかし岸本には、そうなってしまう予感があった。

行為をするのは実に久しぶりだったし、最後にした時も同じようにダメだったことを思い出す。前の恋人とは二度三度そういうことがあり、ちょっと自信を失って、その後多少気に入った女性と出会っても積極的に口説けなくなった。

しかし希は心の底から好きだと思ったからベッドに押し倒したのに、体が反応しないのだからしょうがなかった。

今思い出しても本当に不甲斐ない。岸本は部屋の壁を拳で叩く。

べつに病気だというわけではない。あくまでメンタルの問題で、その証拠に、その後も一人でする時には、何の支障もなくできている。

『岸本さん、気にしないで。次回、ゆっくりやりましょうよ。今夜はお酒を飲みすぎたのかもしれないし』

下着をつけながら、希は優しくそう言ってくれた。

希は「次回」と言ってくれたが、本当にそんなチャンスが来るのだろうか。これほどのチャンスが、今後自分の人生に巡ってくるのだろうか。キーパーがいないゴール前に転がってきたパスを、空振りしてしまったサッカー選手の気分だった。

岸本はデスクの内線電話の受話器を取った。

今夜にでも次のチャンスをもらい、今度こそしっかりゴールを決めよう。そして希との結婚を確たるものにする。希みたいに度胸のある女性と結婚できるチャンスを、のがしてはならない。

しかしどうしても電話がかけられない。岸本には大きな不安があった。

またホテルに誘って、同じような事態になったらどうしようか。

それを心配していたら、昨日は一睡もできなかったのだ。

若い頃にもそんなことが時々あったが、その時は有り余る性欲が解決してくれた。しかしさすがにこの年になると、明らかに性欲は衰えている。高校の同窓会で男友達と話した時、同じ悩みを持っている奴《やつ》が結構いたので安心した。むしろ未だに妻ときっちりセックスをしている男の方が、奇異な目で見られていた。

彼らは既に結婚して子供もいるので、それ自体はもう深刻な悩みではない。しかし独身の岸本にとって、それは人生を左右する大問題だった。

そもそも夜も眠れないほど心配しているようでは、同じことを繰り返してしまう可能性が高い。岸本は昔からメンタルが弱い方だった。そしてこのまま岸本が希を抱けずにいると、他の男に奪われてしまうのではないだろうか。実際に希は地方公務員に本交際を申し込まれているし、宇都宮もかつては希にぞっこんだった。

岸本はパソコンに向かいインターネットで病院を調べはじめる。

バイアグラ、レビトラ、シアリス……、都内でＥＤ治療薬を処方してくれる病院はいくつかあった。

岸本はまだそれらの薬を試したことはなかった。

『確かに効くよ。悩んでいるぐらいならば、さっさと飲めばいい』

実際に服用している友人から、そんな体験を聞いたことがあった。

薬を飲めば、大丈夫なはずだ。

そう思う一方で、まだ四四歳なのだから、そこまで深刻にならなくてもいいような気もしている。妊活に悩む夫婦であればそんな薬も必要だろうが、この前は緊張しすぎて、メンタルが原因でああなっただけだ。

『だけどだんだん薬に耐性ができてしまって、もう俺にはあまり効かなくなったけどね』

件《くだん》の友人はそうも言った。

最初から薬に頼ってしまえば、二度と手放せなくなってしまうのではないか。そもそも飲んでも効かなかったらどうしようか。その時には男としての自信を、完全に失ってしまうだろう。

八〇日目

「希さんが言った通り、私も出血しませんでした」

美由紀が事務所を訪れて、週末の颯太との箱根旅行のことを報告してくれた。部屋に入ってきた時の弾けるような笑顔で、何かいいことがあったのだろうと希は察した。

「颯太さんは私が処女だったことを知っていて、そのことを真剣に考えてくれていました。すべてが終わった時には、本当に嬉しくて涙が止まりませんでした」

ふと自分の初めての時を思い出す。

父親の件があったのでそこまで純粋には喜べなかったが、それでもあの時、高校生の自分も恋人の腕の中で涙を流した。

「だから言ったじゃないですか。でも本当によかったですね」

ちょっと感傷的になってしまう。美由紀が自暴自棄にならないで、本当によかったと思う。

「希さん。どうもありがとうございました」

美由紀は深々と頭を下げる。

「それから健康食品のマルチ商法、颯太さんからも言われたのでやめることにしました。もう佳代子さんの電話とメールを、着信拒否にしました」

美由紀の恋人は、本当にいい人なのだろう。

「颯太さんは、プロポーズもしてくれました」

嬉しい報告を聞きながらも、ふと頭の片隅で岸本のことを考えてしまう。幸せそうな美由紀を見る希の視線は、思わず、閉じられたままの岸本の部屋のドアに向いてしまう。

自分も三日前に、プロポーズされたはずなのに。

しかも父親の秘密を正直に話した後のプロポーズだから、今までのそれとは意味が違う。岸本への気持ちも深まったし、長くて苦しかった希の人生の中で、やっと一筋の光明を見出《みいだ》したような気分だった。

あの時は希も、涙が出るほど嬉しかった。

それなのにあれ以来、肝心の岸本の挙動が不審だ。

確かに上手く行かなかったのだから、男としてはバツが悪いだろう。しかしそんなことは、希は全く気にしていない。さっさと次のデートに誘って、もう一回やり直せばいいだけの話だと思っていた。もしそれで上手く行かなくても何回でも付き合ってあげるし、いざとなれば希にも、それなりに考えがあった。

それなのに、岸本は一体何を考えているのだろうか。

会社で顔を合わせても何も言ってこないところを見ると、思った以上にショックだったのだろう。こっちから話しかけようかとも思ったが、昨日は逃げるように帰ってしまった。今日も出社してからずっと部屋に閉じこもっている。

結局、まともな会話をする機会もなく、日にちだけが過ぎていく。こうなると、どうしてもある疑念が頭を過る。

やっぱり岸本も、犯罪者の娘と結婚するのは嫌なのではないだろうか。

酒とその場の勢いもあり、岸本は自分にプロポーズをしたが、冷静になるにつれて考えが変わってしまった。そもそもあの夜ダメだったのも、そんな気持ちが影響してしまったからではないだろうか。

そう考え出すと、その後の岸本の態度も腑に落ちる。そうなると、希はこの会社を退社しなければならない。そもそもその前に、この青山の事務所を閉めてしまうだろう。

やはり自分の人生には出口がないのか。犯罪者の子供である自分には、やっぱり幸せな結婚など望めないのか。そう思うと、目の前の現実に押し潰されそうな気分になる。

「希さんは、どう思いますか？」

美由紀が真剣な表情で希を見ている。岸本のことを考えていて、美由紀の話を聞いていなかった。

「ごめんなさい。ちょっとぼうっとしていて、えっと何の話だったっけ？」

「颯太さんがガン家系だってことですよ。私は全然気にしませんが、母親がそれを気にしているんです」

　美由紀は心配そうに訊ねる。

「颯太さんのお家《うち》はガン家系だったんですか。ちなみに颯太さんは煙草《タバコ》を吸うの？」

「吸いません」

「健康診断で何か指摘されたわけでもないんでしょ」

「それはそうなんですが、お姉さんが乳ガンの治療中なのをとても気にしているんです」

「お姉さんの容態はどうなのかしら」

「ステージ2なんだそうです」

　希は腕を組んで考える。

　結婚は一生の問題だから、相手の健康は確かに重要だ。もしも結婚後すぐに颯太が死んでしまえば、美由紀はいきなり未亡人となってしまう。

「そこは美由紀さんがどう考えるかですよね。しかしどんな人にも病気のリスクは必ずあるから、今からガンになることを心配するよりも、きちっと定期検診を受けるとか、防ぐ方法を考えた方が現実的じゃないかしら。昔と違って、ガンは早期発見さえすればかなり助かる病気だから」

「そうですよね。実は私もそう思っていました」

「じゃあ、颯太さんとはご成婚ということですね」

「はい」

美由紀が嬉しそうに微笑んだ。

これで美由紀に成婚の御礼として、三〇万円を請求できる。宇都宮の方も上手く行っているようなので、とりあえずは事務所の賃料は払えるはずだ。あともう少し頑張れば、このまま事務所を閉じないで済むのではないだろうか。

八一日目

「またダメだったか」

岸本は顔面蒼白で、見ている希の方が辛かった。

今晩空いてないかと内線が入り、食事後ホテルに行ったのだが、また同じことが繰り返されてしまった。こんな時に、自分は何と言えばいいのか。

「疲れているのね」

「酔っていたから」

「気にしないで」

一度だけならばそんなことも言えたけれど、二回連続となるとちょっと戸惑う。ひょっとすると、自分に原因があるのではないかと思ってしまう。

希はむくりと体を起こして、寝ている岸本の顔を覗き込む。

今まで見たこともないほど情けない顔をしている。まるで叱られてしょげている小学生のようで、ちょっと可愛いと思ってしまう。

その情けない岸本の頬にキスをする。

「私の気持ちは変わらないから」

口から出まかせの言葉ではない。人殺しの子供を受け入れてくれたこともあるが、そもそも岸本と一緒にいると楽しかった。それに岸本とならばありのままの自分でいられる。やっぱりこの人と一緒に年をとっていきたいと思った。

岸本が全裸の希をきつく抱きしめてくる。希も両手を背中に回して、唇を重ねて岸本の舌を吸う。やがてざらついた岸本の舌が口に入ってきて、希の中の何かが弾ける。岸本の大きな背中を撫でていた右手が徐々に下に、お尻から太もも、そして股間へと滑らかに移動する。

しかし肝心な部分は、相変わらずだった。

気まずい空気が部屋を覆う。

「ごめんね。希ちゃん」

そんな風に謝られると、さらに部屋の空気が重くなり、何も言えなくなってしまう。やっぱりダメな時はダメなのか。岸本ぐらいの年齢の男と付き合ったこともあったが、こんなことは初めてだった。

「今度はバイアグラ飲んでみようかと思うんだけど」

泣きそうな目で岸本は言った。

「うーん、でも岸本さんは病気じゃないんですよね」

「もちろん」

真剣に答えるその顔が、妙におかしく感じてしまう。

「じゃあ、これも練習の一つだと思って乗り越えましょうよ」

希は岸本の頬を指でつつく。

「練習、何の練習？」

怪訝な表情で訊ねてくる。

「もう岸本さん。これで二回目ですよ」

「二回目？　何のこと」

「子育ては待つ練習ですよね」

「結婚は許す、練習か」

「いつの日か上手く行くまで、練習と思って許しますよ。そして同時に人生の練習も頑張りましょう」

そう言いながら、希はにっこり微笑んだ。

「希ちゃんって、優しいんだね」

自分は随分前から、岸本に優しく接していたつもりだったが、あまり通じていなかったようだ。思っていた以上にこの男性は傷つきやすいのかもしれない。

希は岸本の頭を優しく撫でる。

「私の父親のことが、原因じゃないといいんだけど」

それだけが本当に気になっていた。

「そんなことは絶対にない」

希は岸本の目をじっと見る。

岸本は何度もそう言ってくれたが、どうしてもそのことを考えてしまう。無理してそう言ってくれているのではないだろうか。

「母親の介護とか会社の資金繰りとか、色々なストレスが一気に重なったのが原因だと思う」

岸本は今、公私ともに大変なピンチに陥っていた。

会社の経営問題、母親の介護、そしてとどめの自分のＥＤ。確かに大変なストレスを感じているはずだ。これで希が下手なことを言ってしまったら、自殺してしまうかもしれない。

「そう言えば報告するのが遅れちゃったけど、美由紀さんの成婚が決まりそうですよ。今日、先方からも正式に本交際の連絡がきましたから」

「それは明るいニュースだね」

岸本の顔に微《かす》かに笑みが蘇る。

「宇都宮さんも、あと数日で本交際になるかも」

「本当に？」

「詳しい事情は教えてもらえなかったけど、今晩もう一度相手に会って問題がなければ本交際になるって電話があったし」

　宇都宮の成婚が決まれば、三〇万円の成果報酬が入る。美由紀の分と合わせれば六〇万円だ。

「やっぱり希ちゃんは、アドバイザーとしても優秀だね」

「でしょ。だから人を雇って事業を拡大しましょうよ」

　岸本は寝たままの姿勢で腕を組む。

「そうしたいとは思っているけど」

　人を雇えば人件費がかかる。それに見合う売上げがなければ赤字になってしまうわけで、岸本はさらに窮地に追い込まれるだろう。

「でもそうしないと、希ちゃんと結婚しても二人で食べていけないからな」

　もしも本当に岸本と結婚したなら、岸本の借金は自分の借金だ。今の自分は生活費に苦労しているだけだが、岸本と結婚したら個人事業主の妻になるので、会社の借金はそのまま家計の借金にもなってしまう。勢いで結婚しようと思っていたが、冷静になるとこの会社の経営を立て直さなければ結婚なんてできはしない。

「岸本さんの方はどうなんですか。沙織さんと、あのマザコンの伸之さんは結婚しそうですか」

「どっちももう一押しって感じかな」

岸本はその二人の事情を教えてくれた。どちらも母親がらみの問題があり、なんとも複雑なようだった。

「岸本さん。私もその二人のアドバイザーに加えてもらっていいですか」

「どうして」

「だってその二人を成婚させなければ、私たちの未来の展望も開けませんから。何とかその二人も成婚させて、事業を拡大路線に持っていきましょう。そしてそれが上手く行ったら、晴れて結婚しましょうよ」

八二日目

「伸之の思い切りが悪いんですよ。私は毎日のように説得しているんだけど、昔から何をやるにもうるさく言わないと、やらない子だったから」

星野晶子は怒りに任せてそう言った。

「お母さんから言ってもらってもダメですか」

岸本はこの母親から説得されれば、伸之は結婚に同意するのではないかと思っていた。

「でもどうしても嫌ってわけでもないらしいの。内心気に入ってはいるけど、今すぐ結婚する気にはなれないみたい。だけどずるずると答えを引っ張られるのは、女の子を持つ親御さんとしては困るでしょ。やっぱり女性はちょっとでも若い方が、結婚には有利だから」

女性も男性もお見合いは年をとればとるだけ不利になるが、女性の方がより深刻だった。

「結婚する気がないのならば、そろそろお断りをしないと先方の親御さんにも失礼になるし」

「お母さんは先方の親御さんとも、未だに連絡を取り合っているのですか」

岸本の隣に座った希がそう訊ねる。

「そうなのよ。結婚できない子供を持つ者同士で、すっかり意気投合しちゃって。それにどこか似たようなタイプのお母さんだったので、妙に馬が合ったのかしら」

「伸之さんが結婚を渋る理由は何ですか。やっぱり相手の容姿ですか？」

眉間に皺を寄せて岸本が訊ねる。

「まあ、端的に言うとそういうことね。でもこればっかりは、親がどうこうできるものでもないからねえ」

晶子は大きなため息を吐いた。

机の上にお見合い相手の諏訪内薫の写真があり、希はその一枚をじっと見る。きちんとしたスタジオで撮影されているが、ぽっちゃりぎみでメイクも髪型も野暮ったい。

「性格は凄くいい子なのよ。あの子だったら伸之をうまくリードできるだろうし、私も仲良くできると思うの」

マザコンの男性と結婚して上手くやる方法は、マザコン男の母親と仲良くなることだった。

二人の女にタッグを組まれたら、マザコン男はもう従うしかない。その一方で母親と嫁が対立すると最悪だった。どっちつかずの旦那に嫁は怒り、旦那が母方についた場合は離婚してしまうことすらある。

「それは仲之さんも言っていました。とにかく鮎の骨を取ってくれたことにえらく感動したみたいです」

てっきりそれで、仲之は彼女との結婚を決意したものだと岸本は思っていた。

「その話は私も聞いたわ。仲之みたいな子と結婚してもいいって言ってくれるんだから、あとは仲之が首を縦に振ればいいだけなのに」

一五パーセントの女性にしか受け入れてもらえないマザコンの仲之にとって、これは千載一遇のチャンスだった。

「なまじアイドルの追っかけとかやっていたから、女性の見た目に対するこだわりが上がっちゃったのかしら」

「そうかもしれませんね」

「仲之さんは、アイドルの誰が好きなんですか」

「確か、ももクロのしおりんだとか言ってたな」

希の質問に、岸本は小首を傾げつつ答える。

希はスマホを取り出して検索する。そしてスマホに表示されたそのアイドルの画像を、三人で一斉に覗き込む。

「こういう顔が好みなのか」

岸本は独り言のように呟いた。

「美人というよりは、可愛い系かしら」

晶子が唇に指を当てて呟いた。

「私に一つのアイデアがあります」

いきなり希が発言する。

「上手く行けば、伸之さんの気持ちが一気に結婚に向かうかもしれません。それにはお母様に、是非とも協力してもらわなければなりません」

八五日目

「達也。どうも最近、誰かに見張られているような気がするんだけど」

母親の症状はさらに悪化して、最近は妄想めいたことを言うようになった。これはある種の認知症患者に表れる症状の典型だそうで、「財布を盗《と》られた」「近所の○○さんが悪口を言っている」「配偶者が浮気をしている」などと、被害妄想を口にすることが多い。

「そんなことないって。こんな我が家をわざわざ監視するような暇人はいないから」

「だけど私の財布から、誰かがお金を盗んだのは本当だよ。まさか犯人はお前じゃないだろうね」

疑いの眼差しで岸本を見る。

「俺はそんなことはしていないって」

「じゃあやっぱりあの新しいヘルパーさんかな。母さんは最初からあの人は胡散臭《うさんくさ》いと思ってたんだよ。いつか決定的な現場を押さえて警察に突き出してやる」

　ケアマネージャーにお願いしてヘルパーを代えてもらったのに、これでは同じことの繰り返しになってしまう。

「そんなことないって。この前にも言ったけど、お金がなくなったのは出前で取ったお寿司代だったじゃないか」

「私、お寿司なんか食べてないよ」

「それは母さんが食べたのを忘れてしまっただけだよ」

　いちいち指摘するのだが、本人は本当に全く覚えていないので、いい加減疲れてくる。

「なんで私が寿司を頼まなくちゃならないの。しかも二人前なんて」

「そんなの俺に訊かれてもわからないよ。だけど空の寿司桶《おけ》が二つあったんだから、誰かがここで寿司を食べたのは間違いないんだよ」

「達也、お前が食べたんじゃないの」

「俺は食べていないって」

　思わず大きな声が出てしまう。

「じゃあひょっとすると、あの新しいヘルパーさんが勝手に頼んで食べちゃったのかな」

「そんなバカな」

「ヘルパーさんといえば、まさかお前あのヘルパーさんと付き合っているんじゃないだろうね」

岸本は耳を疑った。母親の世話をしてくれるそのヘルパーは、もうすぐ六〇歳になろうとしていた。

「そんなことあるはずないじゃないか」

「だっていい年をして、あんな派手な口紅をしているんだよ。しかもお前に猫なで声なんか出したりして、嫌らしいったらありゃしない。絶対にあの人はお前に気があるんだよ」

「バカバカしい。そんなことがあるわけないじゃないか」

深夜に悪戦苦闘したトイレの詰まりは、やはり母親の使用済みリハビリパンツが原因だった。それ以降は大きな事件もなかったので安心していたが、最近は妄想癖も出てきて、大きな事件を起こすのではと心配だった。誰かとトラブルになったり、何かの犯罪に巻き込まれたりしないだろうか。

「お前には婚約者がいるんだから、あんなおばさんヘルパーと付き合っちゃダメだからね」

「だから付き合っていないって」

家で高齢者を介護する場合、その家に介護のためのリソースがどれだけあるかが問題だった。親を介護するのが一人っ子の自分しかいないので、認知症による下の世話がはじまった段階で既に限界を迎えていた。

「本当かい？　まあそれならばいいんだけど」

このままだと仕事が続けられない。そう思った岸本は、母親を受け入れてくれる介護施設を探しはじめていた。ケアマネージャーにも相談し、遠方の施設にも当たってもらうようお願いしていたが、未だにどこからも色よい返事をもらえてはいない。

「ところでお前たちは、いつになったら結婚するんだい？」

「ごめん、その話はいったん保留になったんだ。母さんにも、一回そのことは忘れてもらった方がいいかもしれない」

希との二回目の失敗はショックだった。それに何より、まずは会社の経営を立て直さないと、希との結婚など夢のまた夢だと思っていた。

「どうしてだい。いい子なのに」

「今は会社の方が大変だから、まずは会社の立て直しを優先することにしたんだ」

まさか自分が性的不能になったからだとは言えない。

「やっぱり、お前があのヘルパーさんと付き合っているからじゃないのかね」

「そんなことはないって」

頭が変になりそうだった。

「達也。お前、絶対にあの子を逃がしちゃダメだよ。あんなにいい子は絶対にいないからね」

「母さんはまるで会ったことがあるみたいに言うね」

「え、まだ会っていなかったっけ。だって日曜日に来たんじゃなかった？」

何度も何度も嘘をついてきたので、母親は希と会ったことがあるように思い込んでしまったのだと、岸本は思った。

「あれ、会っていなかった。違ったっけ？」

小首を傾げて考えている。

「きっと、どこかで会っていたのかもしれないね」

嘘をつき続けた罪悪感から、岸本は優しい嘘を重ねる。

「あれ、母さんまだ会っていなかったんだっけ。え、そうだっけ」

目を左右に小刻みに動かしながら、母親はしきりと首を振り懊悩《おうのう》する。

「とにかく早く会社を立て直して、今度はちゃんと紹介できるように頑張るから」

「そうしておくれよ。何しろこれは、お前が結婚できる最後のチャンスだからね。私が呆《ぼ》けてしまう前に、二人が結婚する姿を見せておくれ」

八六日目

『岸本さん、どうしましょう。ママが失踪してしまいました』

伸之からそんな電話がかかってきた。

「え、どういうことですか？　もう少し詳しく教えてもらえませんか」

『三日前、会社から自宅に帰ったらママの書き置きがあったんです。考え事をしたいから、しばらく家を出ますって』

　電話越しに伸之の心配する様子が伝わってくる。

「じゃあ、失踪ってわけじゃないじゃないですか。旅行にでも行ってるんじゃないですか」

『今までにこんなことは一回もなかったんです。そもそもママが僕を家に残して、留守にすることなどありませんでしたから』

「伸之さん。ママじゃなくて、母ですよ」

『すいません。それで母の捜索願を、警察に出そうかと思ってるんですけど』

「書き置きがあったのならば、事件性はゼロです。ただの旅行ですよ。警察も受け付けてくれないと思いますよ」

　これは希のアイデアだった。

　マザコンの伸之を母親から切り離す。今まで家事も食事も母親に頼っていた伸之が、すべてを一人でしなければならなくなれば、きっと考えが変わるはずだ。それが親離れを促進し、結婚に関しても何かしらよい影響を与えるはずだ、と。

「いい機会じゃないですか。今、私も母親が認知症で大変なんです。伸之さんのお母さんだって、いつまでも元気なわけじゃありませんから」

『岸本さんと僕とでは、事情が全く違います』

「そんなことはないですよ。伸之さんもあと一〇年もしないうちに、今の私の年齢になりますから」

『確かにそれはそうですが』

「ところで食事とかは、ちゃんと摂《と》れているんですか」

『コンビニ弁当を食べています。僕、炊事は全然できないし、会社に着ていくワイシャツもそろそろなくなりそうで困っています。アイロンってどうすればかけられるんですか』

今まで一度も自分で自分の身の回りのことをしたことがない伸之にとって、急に母親がいなくなればその影響は計り知れないはずだった。

「ところで諏訪内さんとは、その後会っていますか」

『明後日《あさって》、たまたま会う予定になっています』

「先方はそろそろ結論を出して欲しいと言っています。本交際に進むなり、それともきっぱりお断りするなり、そろそろ伸之さんも本気で考えてくださいね」

八七日目

「やっぱり母が、結婚を許してくれませんでした」

沙織が事務所に訪ねてきた。チャコールグレーのビジネスコートを畳みながら、その後の経過を岸本に報告する。

「困りましたね。お母さんは何とおっしゃっているのですか」

「そんな男と結婚するなら、自分は結婚式に出ないと。岸本さん、私はどうしたらいいのでしょう」

沙織は縋《すが》るような目をして言った。

コーヒーの入った白いカップをトレイに載せて、希が部屋に入ってくる。沙織と岸本の前にそれらを置いて、希はそのまま岸本の隣の椅子に腰を下ろす。今日から希も面談に加わることは、既に電話で了承を得ていた。

「お母さんは、沙織さんの交際相手と会ったんですよね」

岸本は沙織にコーヒーを勧めながらそう訊ねる。

「はい、会いました。料亭で一緒に食事をしました。その時の彼の印象が最悪だったと、母は言うんです」

「具体的には、どういうところが悪いって言うんですか？」

「まず食べ方に品がないって言うんです。彼の家は放任主義だったので、箸を持つのが下手なんです。人差し指が全く機能していないので、確かに見た目が悪いんです。それでも器用に箸を使って、食べ物を落としたりはしないから、私も見逃していたんです。こんなことになるなら、洋食のレストランにすればよかった」

沙織は軽くため息を吐く。

「まあ確かに食べ方には、躾《しつけ》とか育ち方が出てしまいますけどね」

「それから優柔不断そうなところがダメだって言うんです。確かに彼は多少呑気《のんき》でお坊ちゃんぽいところがありますから、母の指摘は間違ってはいないんです」

「でもそれも個性みたいなものだし、それだけで結婚に反対っていうのは、ちょっと強引すぎやしませんかね」

もっと明確な理由があるのかと思ったが、どうもそうではないらしい。

「その通りだと思います。しかし私は母にそう言われただけで、もうダメージが凄いんです。彼との結婚は、もう諦めた方がいいんではないかと思うようになってしまいました」

「ちょっと、しっかりしてください。沙織さん自身は、その彼と結婚したいんですよね」

「はい、そうです。だけど出身大学の問題もありますし、母親を説得するのは難しそうです」

沙織は俯いて苦しそうな表情を浮かべる。

「しかしお母さんも、沙織さんに結婚して欲しいとは思っているんですよね」

岸本にとって、その点が最大の疑問だった。

「口では結婚しろって言いますが、やっぱり今回もあれこれ文句を言ってきます。私、思ったんですが、母は私を手放したくないのではないでしょうか。このままずっと同居して、老後の世話をして欲しいんだと思います」

確かにそういう毒母はいる。

「母は私が小さい時には、何でも先回りして私の進む方向を決めてくれました。幼稚園や小学校、中学ぐらいまでは、私は母の希望する人生を歩めたと思います。だけど高校生になって、私の学力が母の期待に沿えなくなると、母の態度が変わりました。私に文句ばかり言うようになったんです。お前はバカだ。なんでもっと努力しないんだ。私には簡単にできたのに、どうしてお前はできないんだ、そもそも何で、もっと可愛い顔で生まれてこなかったんだ――」

沙織の目から大粒の涙が零《こぼ》れ落《お》ちる。

マザーコンプレックスというと、母親に対して息子が強い執着を持つことだとイメージされているが、沙織のように母親の呪縛《じゅばく》から逃れられない女性のマザコンも増えている。女性のマザコンはただの仲良し母娘のように見えたりもするが、実は母親が娘のすべてを束縛しているようなケースもある。緩やかなマインドコントロールによって、娘は結婚やその後の人生を母親の了解なしでは決められなくなる。ましてや結婚を反対などされてしまえば、沙織のように思考停止に陥ってしまう。

「お母さんは子育てで、待つ練習が全くできなかったんですね」

結婚は許す練習、子育ては待つ練習。そして人生は笑う練習。沙織の母親にこそ、この言葉を知ってもらいたかった。

「沙織さんは、家を出て一人暮らしをするつもりはありませんか」

その時初めて、隣に座っていた希が言葉を発する。

「何度か考えたこともありましたが、母に反対されて思い切ることができませんでした。女の子は結婚するまで親と同居するものだと言われてしまって、私は返す言葉が思い付かなかったんです」

「もう、沙織さんの親孝行は十分に済んでいると思いますよ。親と子は別々の人格なのだから、そこまで義理立てする必要はないのではないでしょうか」

　自分の父親のことを思ったのか、希は強く主張する。

「それはそうかもしれませんが……」

「沙織さんは子供の頃から、母親に支配されてしまっているんです。どこかでその呪縛を解かないと、結婚もできませんし、このままだと一生この状態が続いてしまいますよ」

「どういうことですか」

　涙ながらに沙織は訊ねる。

「お母さんは、沙織さんを子供の頃から知っています。どういう時にどういう風に話せば、沙織さんが反論できなくなるか。そんな相手に無防備に心を曝け出しては危険です。ここはお母さんから距離を取って、ゲームチェンジをするべきなんです。そのためには、家を出て独立するのが一番です」

「仰《おっしゃ》ることはよくわかります。でもそれが果たして自分にできるのかどうか。一人暮らしをすることを切り出しても、いつものように説得されてしまうような気がします。私にそんなことができるとは思えません」

　希が怒った顔をして、机を叩くと大きな音がした。呆気にとられた沙織が、目を丸くして希を見る。

「沙織さん。これから私と一緒に、お母さんを殺しに行きましょう」

八八日目

「薫さん、髪の毛を切ったんですか」

　丸の内にあるホテルのラウンジで、諏訪内薫と会った伸之は、そのイメージがあまりにも変わっていたので驚いた。

「ナオキさんという腕のいい美容師さんに切ってもらったんです。私、今まで美容院なんてどこも同じだと思っていたんですが、やっぱり腕のいい人は違いますね。どうですか。似合ってますか？」

　薫は緩やかなパーマがかかった髪を片手で持ち上げながらそう訊ねる。

「ナオキさんは六本木のカリスマ美容師だったらしいんですけど、今でも特別な紹介がないと、切ってもらえないんですよ」

「そうなんですか。本当にそういう人がいるんですね」

「眼鏡もコンタクトに変えたんですよ。どうですか」

「ええ、とてもよく似合っています。一瞬、違う人かと思ってしまいました。それに洋服も、いつもとちょっと雰囲気が違いますね」

　肩の露出したトップスを着ていた。そんな大胆な服を薫が着ているのを今まで見たことがなかったし、気のせいか少し痩せたようにも見える。

「それで今日は何ですか。伸之さんが相談があるなんて珍しいですね」

ウェイターにホットコーヒーを注文する。少し前に来ていた薫の前には、カップとともにジャスミンティーが入った透明なポットが置かれていた。

「実は私の母が失踪というか、長い旅に出ているみたいなんです」

薫は目を瞬かせて首を捻る。

「海外旅行か何かですか？」

「いや、国内を転々としているみたいです。だけど行き先を教えてもらっていないうえに、連絡もしてこないんですよ」

「電話も何もしてこないのですか」

「最初は京都から絵葉書が届いたんです。その後、出雲《いずも》の消印の絵葉書が届いたので、元気でやっているのは確かなようなんですが、いつ帰って来るのか、そもそも帰って来る気があるのかもわからないんです」

伸之は両手を広げ、口をへの字に呆れた顔をした。

「お母様は羽を伸ばして、国内旅行を楽しんでいらっしゃるんでしょうね。ゆっくりさせて差し上げればいいんじゃないですか。これも親孝行の一つですよ」

「そういうものなんでしょうかね」

伸之はポリポリと頭を掻いた。

「でもきちんと説明して欲しかったですね。急にいなくなられると、例えば着るものだって何がどこにしまってあるかもわからなくて」

「それもそうですね」

「最悪なのは自炊ですよ。試しに自分でやってみましたが、もう何がなんだかわからなくて、最近じゃ外食やコンビニ弁当ばかりです」

その時ウェイターがコーヒーの入った白いカップを伸之の前に置いた。そしてミルクの入った白いポットをその脇に置く。

「それじゃあ、家事とかは誰がやっているんですか」

「僕なんですけど、正直あまりやってません」

「じゃあ、今度の週末は外食するのはやめて、伸之さんのお家《うち》で料理の特訓をしてあげましょうか」

「え、そんなことをお願いしてもいいんですか」

「私、料理は上手いんですけど、料理を教える方がもっと上手いんですよ。料理ができる男性って、素敵だと思いませんか」

今まで料理のことなど考えたこともなかったが、一人暮らしをするなら当然男も料理をしなければならない。

「今回のことで身に染みました。最低限のことは、男もできるようにしておかないといけないんですね。将来、母が病気になった時とかに、困るのがよくわかりました」

そう言う伸之のワイシャツはよれよれだった。

「洗濯物とかも溜まっているんじゃないですか」

「ええ、まあ、恥ずかしながら」

「じゃあ本当に料理とアイロンがけの特訓をやりましょうか？　もちろん、伸之さんがお嫌でなければの話ですが」

「嫌だなんてとんでもない。是非、お願いします」

八九日目

「嫌だ。私は絶対にここから離れない」

　グループホームに空きが出たので、母親にそこに移ろうと提案した。しかし簡単に、岸本の言うことを聞いてくれるような母親ではなかった。

「アットホームなところだから、母さんもきっと気に入るよ」

「私は結婚して以来、この家以外に住んだことがないの、あなたもここで生まれてここで育ったの。ここには私の思い出が詰まっているの」

　何度かリフォームはしたものの、岸本は一度も現住所を変えたことはなかった。

「でもここじゃ満足なケアができないからさ。ケアマネージャーさんも、そうした方がいいって言ってたよ」

介護施設にはいくつかの種類がある。

特別養護老人ホームは、費用は安いがなかなか空きがなかった。しかも要介護３以上でないと入居が難しい。以前は要介護２でも入れたが、順番待ちが多すぎると問題になり二〇一五年に制度が変わった。

民間が運営する有料の老人ホームは、入居条件も様々で金をたくさん払えば簡単に入ることができるし、ホテルのようなサービスを受けることもできる。しかしそんな金が岸本の家にあるはずがない。

グループホームは軽度から中等度の認知症の高齢者が対象で、割とアットホームなところが多かった。母親の認知症が進んでいたこと、入居は困っている人を優先するという決まりから、岸本の母の入居が認められた。

「達也は親を見捨てるの。そんなところに入れられて、また虐待されたらどうしてくれるの」

声をあげて泣き叫ぶ。

かつて母親が骨折して入院した時、認知症が原因で軽く虐待されたことがあった。食事を取り上げられたり、ネチネチと嫌みを言われたり、直接的な暴力は振るわれなかったものの、そこで不快な思いをしたのは事実だった。

「今度はちゃんとしたところだから大丈夫だよ」

「嫌だ。私は絶対にそんなところには入らない」

「そんなこと言わないで入ってみよう。同世代の人もいっぱいいるから、きっと楽しいと思うよ」

「ヤダ。絶対にヤダ！」

「どうしてそんなに嫌がるんだよ。もういい年なんだから、いい加減息子の言うことを聞いてくれよ」

岸本はつい大きな声を出して、思わず手まで出そうになる。

「ここにはお父さんの思い出が詰まっているの。苦労してやっとお父さんが残してくれた家なの。だから私は死ぬまでここを出ていかない」

母親は大きく首を捻って顔をそむけてしまい、岸本を見ようともしない。

「そんなこと言わないでさ。このチャンスを逃したらもう二度と施設には入れないかもしれないんだよ。そうしたら母さんは、この家で誰にも知られず孤独死してしまうかもしれない」

「だったら今ここで死んでやる」

母はいきなり立ち上がり、キッチンに向かって歩き出す。一体何をするつもりなのかと思って付いていくと、いきなりシンクの下の扉を開けて、一本の包丁を取り出した。

「そんなものを持ったら危ないよ」

認知症が進行してから、母親には刃物を持たせないようにしていた。昔は料理が上手かったが、今は大根を切るだけで自分の指も切ってしまう。

「死んでやる」

母はそう言って、包丁を両手で握って自分の喉に当てる。

「お前にここから追い出される前に、ちゃんと自分で自分の始末は付けるさ。今ここで死んで、父さんのところに行く」

「母さん、バカなことはやめろ」

岸本が大きな声で叫ぶ。

しかし母親は、今にも包丁を喉に突き立てんばかりだ。

「やめない。それにこうした方がお前のためにもなる。いつまでも老人の世話をしていたら、結婚したくてもできないだろ」

母は本当に呆けているのか。薄《う》っすらと涙が浮かぶその瞳は、とても認知症患者のものには見えなかった。

「そんなことないよ。母さん、危ないからやめてくれ」

岸本が一歩足を踏み出すと、母は包丁を自分の喉にピタリと当てる。

「達也。私が死んだら、希さんと結婚して幸せになるんだよ」

母はそう言うと、包丁を握る手に力を籠《こ》める。

「ピンポーーーン」

その時、チャイムが家中に鳴り響いた。

岸本と母親の視線は、チャイムの鳴った玄関の方角を見つめている。

この修羅場を脱する絶好のタイミングのチャイムだった。誰だか知らないが、よくぞチャイムを鳴らしてくれたと岸本は思った。

母親がバカなことをしないように岸本は目で制しながら、インターフォンのモニターのボタンを押す。母親は呆気に取られた様子で玄関の方を見ているが、まだ包丁をしっかり喉に当てたままだった。

「どなたですか？」

岸本が壁の時計に目をやると、針は午後三時をさしていた。日曜日のこんな時間に、我が家を訪ねてくる客はいない。

『希です。葉山希です』

一瞬耳を疑った。

どうして希がここに？

岸本は自宅に希を招いたこともなければ、そもそも住所を教えたこともない。まるで理解ができなかったが、さらに驚いたのはその直後の母の行動だった。

「ああ希さん、いらっしゃい。今すぐに開けますからね。ちょっとだけ待っててくださいな」

母親は持っていた包丁を放り出し、足早に玄関に向かう。

「お母さん、お元気でしたか」

「もちろんよ、早く希さんに会いたかったわ。結婚が保留になったとか達也が言い出すから、とても心配していたの。希さんは元気にしてた？」

「もちろんですよ。お母さん」

まるで二人は昔からの知り合いのように、手を取り合って喜んでいる。

「ちょっと待ってくれ。どうして二人は知り合いなんだ」

岸本はキツネにつままれたような気分だった。

「先週の日曜日に私がここを訪ねたら、お母さんが歓迎してくれたの。ちょっとした挨拶だけのつもりだったんだけど、お寿司まで取ってくださって。お母さん、本当にあの時はご馳走様でした」

母はさっきとは別人のようにしゃんとして、希のために自分でお茶まで淹れようとする。

「どうして俺に黙ってたんだ」

「黙ってるつもりはなかったけど、会社じゃ相変わらず私と仕事以外の話をしようとしないし、それに当然お母さんから話を聞いてるものだと思ってたから」

そう言われた岸本は、思わず母親の顔を見る。

「私は何度も言ったのよ。でもこの子が信じないから。もっとも私も希さんと二人でお寿司を食べたことはすっかり忘れていたから、何をどこまで話したかよく覚えていないけどね」

岸本が介護に疲れ果てているのを見かねて、希は独断でこの家を訪ねたそうだ。住所は会社で調べればすぐにわかるし、そもそも希が住んでいるマンションは、この家から二駅しか離れていなかった。

「それより希さん聞いてくれる？　達也ったら私に施設に入れって言うのよ。もう私を棄《す》てるつもりみたい」

母親が縋るような目で希に言う。

「施設じゃないよ、グループホームだよ。アットホームな雰囲気だから、絶対に母さんも気に入るって」

「希さんはどう思う？」

希は小首を傾げて考えている。

「私、ちょっと本で読んだことがあるんですけど、グループホームっていうのは施設というよりも共同生活をする場所みたいですよ。つまり専門のスタッフがいるシェアハウスみたいなものなんだそうです。同じような年代の方々がいらっしゃいますから、家で一人で過ごすより却って楽しいんじゃないですか」

「そうなの？」

岸本が話すと喧嘩腰になったのに、母親は希の言うことには素直に耳を傾ける。

実の息子の言うことよりも、どうして他人の言葉を信じるのだろうか。

『介護は身内がする方が実は難しいんです。介護される側も、どうしても身内には甘えて感情を爆発させてしまうので』

そんなケアマネージャーの言葉を思い出す。

「それにお母さん、ひょっとしたら、そこに素敵な独身の男性がいるかもしれないじゃないですか」

笑いながら希が言うと、母も大きな声で楽しそうに笑う。

「それは楽しそうね。希さんがそう言うなら、まずは見学でもしてこようかね」

あっという間に話がまとまる。ついさっきまで死んでやると言っていたのが、本当に嘘のようだった。

「それに今どき親と同居じゃ、お嫁さんも来てくれないからね」

エピローグ

「バイアグラを使わなくても大丈夫だったね」

ベッドの中で希は言った。三度目の正直で二人はやっと一つになることができた。

「本当にバイアグラを用意しておいたんだけど、飲まずに済んでよかったよ」

三度目もダメかと思った時、希がベッドの上で別人のような頑張りをしてくれた。

「最初から、そうしてくれればよかったのに」

「いやいや私にも、乙女《おとめ》としての恥じらいがありますから」

笑いながらそう言う希が、岸本には天使のように見えた。

「岸本さんは何でも気にしすぎなのよ。もっと楽観的に考えた方が、世の中は上手く行くからね」

希は軽くそう言うが、男と女は全く違う生き物だ。

岸本がここ数日間、ＥＤに関しておかしくなるくらい悩んでいたことは、希には絶対に理解できないだろう。しかし希の言うことも真実で、気にしなければあっさり解決する問題でもあった。

「本当に色々ありがとう。希ちゃんがいなかったら、今ごろ俺は事務所を畳んでいたと思う。そして最悪の場合、介護疲れで母親と無理心中なんてことになっていたかもしれない」

希には本当に助けられた。

母親の介護で岸本は完全に視野狭窄《きょうさく》に陥っていた。婚活でもそうだが、やはり常に自分を客観的に見てくれる存在がいないと、人は思わぬドツボに嵌ってしまう。

「私も岸本さんには助けられたから。父親の秘密を打ち明けられて、久しぶりに心が軽くなって、視界が開けたような気がするの」

その言葉が嬉しかった。

「まあこれで、絶体絶命のピンチからは抜け出せたような気がするよ」

「伸之さんの本交際も決まったからね」

希のアイデアが功を奏し、伸之は薫と結婚を前提に本交際することになった。

「宇都宮さんも本交際中だし、これで三人連続の成婚達成も見えてきたね。新たな入会希望者ももっと増えると思うよ」

「沙織さんだけ、まだちょっと時間がかかりそうだけどね」

一緒に母親に会いに行った時、希は刃渡り二五センチの包丁を沙織に手渡した。それを鞄の中にしまい、場合によっては本当に母親を殺すくらいのつもりで説得するようにとアドバイスした。結果は鞄から包丁を取り出すまでもなく、沙織の気迫に母親が圧倒され独立することを了承した。

「あとはじっくり時間をかけて、母親を説得するしかないわね。沙織さんが独立さえすれば、お互いの関係も徐々に変わってくるはずだから。今日事務所で沙織さんと会ったら、何か吹っ切れたような表情をしていたから、もう大丈夫な気もする」

入会して三ヵ月というわけにはいかなかったが、沙織が成婚するのだってもう時間の問題だろう。

「ところで希ちゃんは、本当に俺と結婚してくれるの？」

岸本は希の長い髪を優しく撫でる。

「それは逆に私の方が訊きたい。私みたいな事情の女を奥さんにしても、岸本さんは大丈夫なの？」

希の瞳が暗闇の中で光っている。

「俺の方は全く問題はない。あとは母親にどこまで正直に話すかという問題は残っているけどね」

「その問題なら、もう大丈夫だと思う」

岸本は思わず半身を起こして希を見る。

「どうして？」

「私が最初に岸本さんの家に行った時、お寿司を食べながらそのことをお母さんに話したの。私の父は殺人事件を起こして刑務所で服役中ですが、そんな私が息子さんと結婚しても大丈夫ですかって」

その話を聞いて岸本は思った。本当はそれを確認したくて、希は岸本に内緒で母親のことを訪ねたのだろう。

「それで、おふくろは何て言ったの？」

「そんなの全然気にしなくていいって。安心して我が家にお嫁においでって」

　希の大きな瞳から涙が一筋零れ落ちる。

「そんなやり取りがあったんだ」

「もっともお母さんは、その話自体を忘れてしまったのかもしれないけど。でも最近のお母さんを見ていると、本当に認知症が進んでいるのか、それとも認知症のふりをしているだけなのか、わからなくなることが時々あるけど」

　岸本も薄々それを感じていた。

「だけど私、本当に岸本さんと結婚してもいいのかな」

　希はぽつりと呟いた。

「どうして？」

「お母さんはよかったとしても、私の父親の問題がこれからも一生付《つ》き纏《まと》うことに変わりはない。しかも父は数年後には刑期を終えて、刑務所から出てくる。その時に私に会おうとするかどうかはわからないけど、父が生きている限り、今後も何が起こるかわからないから」

　岸本は希を優しく抱きしめる。

「大丈夫だよ。俺がついているから」

　希は岸本の胸に顔をうずめて、声にならない声でありがとうと言った。

　静かな部屋の中に、小さな嗚咽《おえつ》が響いている。

岸本はこれからのことを考えてみた。もしも希の父親が訪ねてきたら、どうなるのだろうか。受刑者だった人間が社会復帰しても、定職につくのは簡単ではないはずだ。どうにも食べられなくなって、実の娘を頼る可能性はないとは言えない。

「私、子供は産まないかもしれない」

独り言のように希が言った。

「それは、お父さんのことがあるから？」

自分たちに子供ができて、そしていつの日か物心ついた頃に自分が人殺しの血を引いていると知ったら、計りしれないほどのショックを受けることだろう。

「まあ、子供を作らないという選択肢もあるけど、そもそも子供ができない可能性もあるよ。今日だってやっとできたぐらいだからね」

半ば冗談のつもりで言ったが、本気で心配もしていた。早く子供を作らないと、本当にできなくなってしまうかもしれない。

「だけど俺は希ちゃんとの子供が欲しいな。そしてみんなで、一緒の時間を生きていきたい」

「どうしてそう思うの？」

希の顔を見ると、大きな瞳が岸本を見つめていた。

「母親の介護をしていて思ったんだ。人は親から生まれて、そしていつかは死んでしまうけど、ずっと襷《たすき》を繋いでいるんだって」

「襷？　それって駅伝とかの？」

「そうさ。このまま結婚しなかったら、我が家の襷は俺で途切れる。希ちゃんと結婚して、どちらかが先に死んだとしても、子供を作らなかったら残された方は自分の襷を渡す相手がいないと思わない？」

「つまり子供が襷だってこと？」

「子供そのものではないのかもしれない。それはＤＮＡということかもしれないし、子供がいなくても、何かしら思いや気持ちを繋いでいく人もいるからね。とにかく自分が死ぬときに、誰かに何かを繋ぐことができれば、それは、幸せな人生だったと言えるんじゃないかな。確かに肉体的には死ぬだろうけど、自分が生きた証《あかし》が、襷を受けた人の中で生き続けることができれば、素敵だなと思うんだ」

　だから子供を作りたい。少なくとも作る努力をして、父や母やもっと先祖から繋がってきた襷を誰かに渡す努力はしてみたかった。

「そういう意味では、結婚相談所のアドバイザーって素敵な職業ね。だって人が襷を渡すお手伝いができるんだから」

　希がにっこり微笑んだ。

「俺、バイクを売ることにしたよ」

「どうしたの急に？」

　希が怪訝な顔で岸本を見た。

「家族を持つならやっぱりバイクより車だから、安くて小回りのきく車に買い替えるつもりだ」

「まあ、本当に子供ができたら、その方が安全だしいいとは思うけど」

もっともその前に、今の会社を安定させなければならないし、その傍らで母の介護もしなければならない。子供ができたらしばらく希はアドバイザーができなくなるから、岸本の負担はさらに増すだろう。

子供が欲しいというのは簡単だが、やらなければならないことはたくさんある。

しかしそれを含めて、やってやろうという気概もあった。

「俺さ、なんで自分が今まで結婚しなかったのか、本当の理由がわかったような気がするんだ」

希は岸本の顔を覗き込む。

「親の介護やＥＤなんか、その本当の理由じゃなかったんだ」

「じゃあ、何で今まで結婚しなかったの？」

岸本は希の瞳をじっと見る。

「俺には、覚悟がなかったんだよ」

「覚悟？」

「そう。何かを背負い込むのを恐れていたんだ。特に家庭という新たな責任を背負うことを、俺は意味もなく恐れていたんだと思う。でも希ちゃんの話を聞いて考えが変わった。希ちゃんが今までお父さんのことで背負っていたことに較べたら、俺が恐れていたことなんて何の意味もなかった」

「そうなの？」

「これからはお父さんのことも会社のことも、おふくろの介護や子供のことも、そのすべてを背負って生きていく。その覚悟さえあれば、何があっても怖くはない」

「本当にそう思ってるの？　岸本さん、無理をしているんじゃないの」

　岸本は希の顔を覗き込んだ。

「希ちゃんが一緒にいてくれれば大丈夫だと思う。一人では無理でも、結婚して二人になればやれそうな気がするんだ」

「そうなのかな。私、岸本さんに迷惑かけちゃうんじゃないかな」

「希ちゃんは、人のためには出刃包丁まで用意するくせに、自分のこととなると随分心配性になるんだね」

　沙織の母親と、直談判《じかだんぱん》した時の話を聞いたときには驚いた。

　伸之のお見合い相手のイメチェンをしたり、岸本の母親に会いに行ったり、その行動力はとてもじゃないが真似《まね》できない。希の有能さをちょっと怖いと思った時もあったが、今は頼もしく感じている。

「そうなのかな。私って心配性なのかしら」

　希は小首を傾げてそう呟く。

さすがに犯罪者の父親がいれば心配性にもなるだろうが、二人一緒ならば乗り越えられる。いや、乗り越えてみせると岸本は思った。

「希、そろそろお互いに腹を括《くく》ろうや」

希が大きな目を見開いて岸本を見る。

「人間死んだ気になれば、たいがいのことは乗り越えられる。その覚悟さえ忘れなければ、あとは何があっても大丈夫だ。だから俺と結婚してくれ。そして子供も作ろう」

無骨な岸本だが、そう言いながら微笑んだ。

希はその頬にキスをする。

「そうね、わかった。私も腹を括ることにした。今後何が起ころうとも、死んだ気になってあなたと一緒に頑張る」

岸本は希の唇にキスを返す。

「その意気だよ。そもそも結婚は、人生の墓場だって言うからね」

解説

古川諭香

今の日本では三組に一組が離婚をすると言われており、「おひとり様」という生き方を選ぶ人も増えている。二〇二二年には二〇代男性の約七割に配偶者・恋人がおらず、約四割はデートの経験がないという内閣府の調査結果が話題になり、メディアは若者の恋愛離れが進んでいると報じた。今は誰かと寄り添って生きることが自然と敬遠されている時代なのかもしれない。だが、そんな時代であるからこそ、「結婚」の意味を考えさせられることも多い。

学生時代のように「心がときめいた」という理由だけでは結婚を考えられないのが、大人の悲しさだ。現実的な大人になってしまった私たちは相手の年収や職業などのプロフィールを総合的に踏まえて、現実的な恋をしている。コロナ禍によって一気に出会いの主流となったマッチングアプリが、いい例だ。プロフィールや自己紹介文を見ただけで、なんとなく相手を知った気になり、理想に当てはまらないと感じると、ものの数秒で左スワイプをしてスキップ。相手を知ることを止《や》めてしまう。

だが、何でも可視化できてしまう今こそ、私たちはもっと〝見えないところ〟に目を向け、相手を知る必要があるのではないだろうか。本作『まだ出会っていないだけ』は、そう訴えかける、現代ならではの婚活小説だ。

志駕晃氏といえば、映像化もされた「スマホを落としただけなのに」シリーズ（宝島社文庫）でおなじみ。予期せぬ展開のサスペンス作を描くのが上手《うま》いという印象があったため、本作の単行本が刊行された時は正直、驚いた。恋愛が主軸であるのが、意外だったのだ。だが、蓋を開けてみると、得意のどんでん返しで読者を驚かせる神展開は本作でも健在。加えて、昨今の婚活事情に対する志駕氏の想いも感じとれて、改めて誰かと添い遂げることの意味を考えさせられた。

舞台は、会員になれば三ヵ月で結婚できると言われている「スマイル結婚相談所」。たしかな成婚実績を聞きつけて訪れるのは、高級住宅街に住むマザコンのボンボンやコミュ障でオタク気質な腐女子など、成婚までの道のりが遠そうな四人の曲者《くせもの》。社長の岸本達也《きしもとたつや》と唯一の従業員・葉山希《はやまのぞみ》は、癖の強い四人をなんとか成婚させようと悪戦苦闘する。その過程では、年齢や年収によってパートナー候補から簡単に外したり外されたりしてしまう〝イマドキ婚活〟の難しさが生々しく描かれており、共感の嵐。私自身、数年前に頭を抱えた苦い婚活経験を思い出した。

私は二〇代前半で結婚し、三〇歳目前に離婚したバツイチだ。離婚後、初めてマッチングアプリを利用しようとプロフィールを記入していた時、自分の「売り」のなさに気づかされ、愕然《がくぜん》とした。大学を中退したバツイチで、持病があって子どもが産めない。プロフィールに記した自分は、そんな女だった。その情報は客観性があって正しい。だが、すごくモヤモヤした。プロフィール欄を全て埋めても、私という人間の本質が、ここには記せていないような気がして――。

プロフィール登録後、味わうことになったのは、誰からも選ばれないという現実。ワケありの三〇代目前女よりも若い初婚の女性のほうが選ばれやすいことなど分かってはいたが、やはりショックで、「普通の家庭」を再び手に入れることの難しさを痛感した。そんな思いをしているのに、いざ選ぶ側にまわると、相手のプロフィール欄をくまなくチェックする現金な自分にもうんざり。プロフィールが輝いて見えた人と会うも、身だしなみや言葉遣いなど記されていなかった欠点に目がいき、愛想笑いで顔合わせを終える日々……。自分だって完璧な人間ではないのに、婚活を通してまるで〝人間の取捨選択〟をしているようだった。

マッチングアプリの登場によって出会えるパートナー候補が格段に増えたことは喜ばしい。だが、その反面、相手の声や雰囲気、立ち居振る舞い、さりげない優しさなどに心が震える恋は減ったように思う。この人はパートナーとなる私を、どんな目で見つめてくれるのだろうか。また、互いに辛《つら》い状況に置かれた時、どうやって苦難と向き合ってくれるのか。人と人が結婚する上で一番大切なのは、きっとそういうところなのに、私たちは条件で人を判断しすぎてしまっている。

そして、選ばれる人間でありたいと思うがゆえに、ありのままの自分を見せられなくなっている人も多い。本作の登場人物たちも、まさにそんなタイプだ。親離れのタイミングを逃してしまった、恋愛経験がほとんどないなど、様々なコンプレックスを抱えた彼らは自然体の自分をさらけ出すことに抵抗感を持っている。そんな彼らが成婚のために、もがきながら本来の自分を見せようと奮闘する姿を目にすると、「結婚しない」という信条に変化が生じたある登場人物と同様に、読者の心境も変化する。ありのままの自分を伝えることの大切さを痛感するとともに、自分が婚活時にプロフィールには記さないでおこうと決めた欠点は、もしかしたら誰かから見れば最高の長所になるのかもしれないと少し前向きになれるのだ。

　人の好みは、十人十色。現に私は婚活中、アングラ系の小説が好きなことを隠していた男性と出会い、意気投合。好きなジャンルが似ていたことから小説話に花が咲き、私も自然体でいられた。そんな出会いができたのは、相手が勇気を出して偽らない自分を見せてくれたからに他ならない。その彼は婚約者となり、今もそばにいてくれている。出会って間もない頃、彼に紹介した小説が志駕氏の作品であったことも、この解説を綴《つづ》っている今では何かの縁であったと思えてならない。

　年を重ねるにつれ、「結婚適齢期」という言葉が重くなってくると、夢物語のようだった「結婚」が現実味のあるものに変わっていき、私たちは相手選びに頭を抱える。だが、条件を見定める時間よりも、生身の相手と過ごす一瞬一時を大切にしながらパートナー選びをしていけば、結婚後に妊活や親の介護といった試練が訪れても、二人で乗り越えられるはず。そんな〝未来の幸せ〟を摑《つか》むためにも、作中に綴られていた以下の言葉を心に刻みながら婚活をしていきたい。

〝肩書や学歴と結婚するわけじゃありませんから、そんなものには意味はないんです。空気のような存在で一緒にいて居心地がいいことが、きっと一番大切なんだと思います〟

人は「条件」ではなく、「人」と結婚するという、当たり前すぎて忘れてしまいがちな大切なことを、志駕氏は登場人物の言葉を通して教えてくれる。

困難をともに乗り越え、笑顔を増やしていく。それこそが、「結婚」の意義なのだと私は思う。覚悟を決め、難所でも心身ともに寄り添い合うから、結婚は「人生の墓場」というのかもしれない。ドタバタな婚活劇を通して結婚の価値に改めて気づかせ、「誰かと生きたい」という願いを捨てきれない人の背中を優しく押す本作は、誰もがひとりで生きられる今の時代でこそ、響く。これまでの婚活観を揺るがし、自分が結婚相手に本当に求めているものを考えるきっかけを授けてくれる恋愛指南本にもなるはずだ。

（ふるかわ・ゆか　ライター）

本書は『私が結婚をしない本当の理由』（二〇二〇年九月　中央公論新社刊）を改題の上、加筆・修正したものです。

この作品はフィクションです。実在する個人、団体等とは一切関係ありません。

中公文庫

まだ出《で》会《あ》っていないだけ

2023年 8 月25日　初版発行

著　者　志《し》 駕《が》 晃《あきら》

発行者　安 部 順 一

発行所　中央公論新社

〒100-8152　東京都千代田区大手町 1-7-1
電話　販売 03-5299-1730　編集 03-5299-1890
URL https://www.chuko.co.jp/

ＤＴＰ　嵐下英治
印　刷　三晃印刷
製　本　小泉製本

Published by CHUOKORON-SHINSHA, INC.
Printed in Japan　ISBN978-4-12-207403-3 C1193

各書目の下段の数字はISBNコードです。978－4－12が省略してあります。

中公文庫既刊より

あ-60-3
いい女、ふだんブッ散らかしており　阿川佐和子
父の葬式、認知症の母の介護、そして還暦過ぎての結婚……。自らにじわじわ迫りくる「小さな老い」を蹴散らして、挑戦し続ける怒濤の日々を綴るエッセイ。
207162-9

あ-83-3
アスリーツ　あさのあつこ
嘱望された陸上をやめ五輪種目の射撃を高校から始めた結城沙耶だが――。未知の競技と格闘する少女たちの喜怒哀楽に心震える青春小説。〈解説〉斎藤美奈子
207187-2

い-115-1
静子の日常　井上荒野
おばあちゃんは、あなどれない――果敢、痛快、エレガント。75歳の行動力に孫娘も舌を巻く！　ユーモラスで心ほぐれる家族小説。〈解説〉中島京子
205650-3

い-115-2
それを愛とまちがえるから　井上荒野
愛しているなら、できるはず？　結婚十五年、セックスレス。妻と夫の思惑はどうしようもなくすれ違って……。切実でやるせない、大人のコメディ。
206239-9

い-129-3
愛しいひとにさよならを言う　石井睦美
絵画修復家の母と、母の年上の友人に育てられた斎藤いつか。少女の出会いと別れを切なくも瑞々しく描く、心ふるえる長篇小説。〈解説〉北上次郎
206787-5

い-140-1
海神の島　池上永一
一騎当千の花城三姉妹が、沖縄、東京、台湾などを疾駆する！「海神の秘宝」を巡り三人の欲望と日米中の思惑が錯綜する壮大な冒険小説。〈解説〉阿津川辰海
207376-0

お-51-5
ミーナの行進　小川洋子
美しくて、かよわくて、本を愛したミーナ。あなたとの思い出は、損なわれることがない――懐かしい時代に育まれた、ふたりの少女と、家族の物語。谷崎潤一郎賞受賞作。
205158-4

お-51-7
あとは切手を、一枚貼るだけ
小川洋子　堀江敏幸
交わす言葉、愛し合った記憶、離ればなれの二人の哀しい秘密——互いの声に耳を澄まして編み上げたのは、純水のように豊かな小説世界。著者特別対談収録。
207215-2

か-61-2
夜をゆく飛行機
角田光代
谷島酒店の四女里々子には「ぴょん吉」と名付けた弟がいて……うとましいけれど憎めない、古ぼけてるから懐かしい家族の日々を温かに描く長篇小説。
205146-1

か-61-3
八日目の蟬《せみ》
角田光代
逃げて、逃げて、逃げのびたら、私はあなたの母になれるだろうか……。心ゆさぶるラストまで息もつがせぬ傑作長編。第二回中央公論文芸賞受賞作。〈解説〉池澤夏樹
205425-7

か-61-4
月と雷
角田光代
幼い頃暮らしをともにした見知らぬ女と男の子。再び現れたふたりを前に、泰子の今のしあわせが揺らいで……偶然がもたらす人生の変転を描く長編小説。
206120-0

か-86-1
老後の資金がありません
垣谷美雨
老後は安泰のはずだったのに！　家族の結婚、葬儀、失職……ふりかかる金難に篤子の奮闘は報われるのか？　〝フツーの主婦〟が頑張る家計応援小説。
206557-4

か-86-2
夫の墓には入りません
垣谷美雨
ある晩、夫が急死。これで〝嫁卒業〟と思いきや、介護・墓問題・夫の愛人に悩まされる日々が始まった。救世主は姻族関係終了届⁉　心励ます人生逆転小説。
206687-8

く-19-10
ただいま家事見習い中
ハウスワーク代行・亜美の日記
鯨統一郎
家事代行会社のアルバイト・亜美が行く先で、トラブル発生！　意外にも鋭い推理力を持つ亜美は、事件を解決へ導けるのか？　ハートウォーミングミステリ。
206585-7

く-19-11
恋と掃除と謎解きと
ハウスワーク代行・亜美の日記
鯨統一郎
家事代行業のアルバイトも板に付いてきた大学生の樋口亜美。意外にも鋭い推理力で、今日も派遣先の事件を解決する！　ハートウォーミングミステリ第二弾。
206724-0

各書目の下段の数字はISBNコードです。978－4－12が省略してあります。

や-61-2
あたしとママのファイトな日常
山本 幸久
人間関係、職場の不満、将来への不安。全部まとめて打つべし、打つべし！「好き」という気持ちが世界を変える、母と娘のハートウォーミングストーリー。
207312-8

よ-25-2
ハチ公の最後の恋人
吉本ばなな
祖母の予言通りに、インドから来た青年ハチと出会った私は、彼の「最後の恋人」になった……。約束された至高の恋。求め合う魂の邂逅を描く愛の物語。
203207-1

よ-25-3
ハネムーン
吉本ばなな
世界が私たちに恋をした――。別に一緒に暮らさなくても、二人がいる所はどこでも家だ……互いにしか癒せない孤独を抱えて歩き始めた恋人たちの物語。
203676-5

よ-25-6
小さな幸せ46こ
よしもとばなな
最悪の思い出もいつか最高になる。両親の死、家族や友との絆、食や旅の愉しみ。何気ない日常の中に幸せを見つける幸福論的エッセイ集。タムくんの挿絵付き。
206606-9

よ-43-2
怒り（上）
吉田 修一
逃亡する殺人犯・山神はどこに？ 房総の港町で暮らす愛子、東京で広告の仕事をする優馬、沖縄の離島へ引越した泉の前に、それぞれ前歴不詳の男が現れる。
206213-9

よ-43-3
怒り（下）
吉田 修一
田代が偽名を使っていると知った愛子、知らない女とカフェにいる直人を見た優馬、田中が残したものを発見した泉。三つの愛の運命は？ 衝撃のラスト。
206214-6

よ-43-4
新装版 静かな爆弾
吉田 修一
テレビ局に勤める俊平と耳の不自由な響子。音のない世界に暮らす君に、この気持ちを伝えたい。言葉にならない思いが胸を震わす恋愛小説。〈解説〉宇垣美里
207185-8

よ-43-5
おかえり横道世之介
吉田 修一
横道世之介、バブル最後の売り手市場に乗り遅れた二十四歳。人生のダメな時期にあっても、彼の周りには笑顔が絶えない。〈巻末対談〉沖田修一×高良健吾
207213-8